ESTE DIARIO PERTENECE A:

# Nikki J. Maxwell

*PRIVADO Y CONFIDENCIAL*

SE RECOMPENSARÁ
su devolución en caso de extravío

(¡¡¡PROHIBIDO CURIOSEAR!!!☹)

# Rachel Renée Russell

# diario de NIKKI 12

UN FLECHAZO DE LO MÁS CATASTRÓFICO

**RBA**

Título original: *Tales from a NOT-SO-Secret Crush Catastrophe*

Publicado por acuerdo con Aladdin, un sello de Simon & Schuster Children's Publishing Division, 1230 Avenue of the Americas, Nueva York NY (USA).

© del texto y las ilustraciones, Rachel Renée Russell, 2017.

DORK DIARIES es una marca registrada de Rachel Renée Russell.

© de la traducción, Isabel Llasat Botija, 2017.

Diseño del interior: Lisa Vega / Diseño de la cubierta: Karin Paprocki

Maquetación y diagramación: Pleca Digital

© de esta edición, RBA Libros, S. A., 2017.

Avenida Diagonal, 189. 08018 Barcelona    www.rbalibros.com

Primera edición: octubre de 2017.

Segunda edición: febrero de 2018.

Ref.: MONL405

ISBN: 978-84-272-1258-9

Depósito legal: B. 21.822-2017

Impreso en España – Printed in Spain

A todos mis fans de *Diario de Nikki* que tienen un amor secreto.

¡Ya sabéis quiénes sois! ¡☺!

¡¡¡YAJUUUUU!!! ¡¡☺!! ¡¡Creo que he contraído un caso grave de AMORITIS!!

¡MADRE MÍA! Mira que si esto es de verdad lo que llaman...

¡Porque me siento tan LOCAMENTE feliz que podría VOMITAR rayos de sol, arcoíris, confeti, purpurina y gominolas de esas de mil colores! El corazón me late muy fuerte, me sudan las manos y siento náuseas porque parece que tenga mil mariposas en la barriga.

Y lo peor es que no hay CURA para esta enfermedad...

EL MÉDICO DIAGNOSTICÁNDOME AMORITIS

Cómo he contraído este caso tan grave de AMORITIS es muy largo de contar. Estaba a punto de desayunar para ir luego hacia el insti...

¡YO, RIÑENDO A DAISY
POR SER UNA PERRITA MALA!

No puedo creer que Daisy sea una LADRONA DE
SALCHICHAS. Pero, bueno, al menos es ¡MI! adorable
y pequeñita ladrona de salchichas!

La verdad es que NO entendía cómo una cosita tan pequeña, bonita y mimosa como ella puede DESTROZAR la casa entera en menos de tres minutos.

Solo hay UNA gran diferencia entre Daisy y la malcriada de mi hermanita Brianna.

En principio, Brianna debería hacer sus necesidades DENTRO pero ¡a veces se le escapan FUERA!
En cambio, Daisy debería hacer sus necesidades FUERA pero ¡a veces se le escapan DENTRO!

Precisamente acababa de empezar a limpiar el desastre provocado por Daisy cuando he tenido que sacarla corriendo para que hiciera sus cosas.

Después se ha metido en un charco de barro y me ha saltado encima para jugar.

¡MADRE MÍA! Parecía que Daisy y yo habíamos estado peleando en el fango. ¡Y que yo había PERDIDO! ¡☹!

Estaba desesperada intentando arrastrarla de vuelta a casa cuando me he encontrado de sopetón con...

## ¡MADRE MÍA! ¡Qué vergüenza!

Estaba cubierta de arriba abajo de las huellas embarradas de Daisy. ¡¡Solo quería abrir el buzón, meterme dentro y MORIRME!!

Brandon ha parpadeado y se ha mordido el labio inferior. Era evidente que se estaba aguantando la risa para que no me sintiera aún más HUMILLADA.

"Er... ¿estás bien?", ha preguntado.

"Sí, claro, todo... bien, sí. Daisy y yo estábamos dando un paseo y...".

"... Y habéis decidido tiraros a un charco a retozar un poco", ha dicho con una gran sonrisa.

Se me ha escapado una mirada de resignación.

Brandon me ha contado que había madrugado para llevarle material a alguien que estaba diseñando una web para recaudar fondos para el refugio de animales Fuzzy Friends, donde hace de voluntario.

14

Daisy movía la cola muy contenta y miraba a Brandon como si fuera una de sus chuches pero en tamaño humano. Él la ha alzado en brazos y se ha reído...

¡HOLA, DAISY! NO ESTARÁS PORTÁNDOTE MAL CON LA POBRE NIKKI, ¿VERDAD?

¡GUAU!

BRANDON, HABLANDO CON DAISY

Le he contado todas las trastadas seguidas que ha hecho hoy Daisy.

"Brandon, estoy agotada, y eso que me he levantado hace solo media hora. Si Daisy fuera un perrito de juguete, ¡te juro que le quitaría las pilas y las tiraría bien lejos!", me he lamentado.

"¡Buf, qué mal! Oye, a lo mejor te iría bien un entrenamiento de obediencia", ha dicho Brandon.

"Gracias por el consejo, pero eso de entrenamiento de obediencia pinta SUPERintenso. ¡Con lo que ya me cuesta superar los DIEZ minutos de calentamiento en clase de educación física...!", he murmurado frustrada.

"Nikki, el entrenamiento de obediencia ¡es un adiestramiento para DAISY, no para TI!", ha dicho Brandon riendo. "¡Imagino que TÚ no comes cosas de la basura ni bebes agua del váter, ¿verdad?!".

Lo he mirado alucinada. NO podía creer que Brandon me acabara de hacer una pregunta tan PERSONAL. ¡¡Será MALEDUCADO!!

Por un momento he pensado que a lo peor Brianna le había estado contando a Brandon chismes sobre mí a mis espaldas.

¡Yo NI MUERTA comería algo sacado de la BASURA! ¡ECS! ¡☹!

Bueno, a menos que tuviera una BUENA razón.

Como pasó el día en el que Brianna tiró a la basura sin querer aquella bolsita blanca con mi cupcake de chocolate doble dentro.

Lo ACABABA de comprar en Dulces Cupcakes.

¡¡SÍ!! Reconozco que tuve que rebuscar entre la basura hasta que lo encontré.

Encontré la bolsita, aunque estaba un poco asquerosa, porque tenía pegados un palito de merluza mordido, cereales mojados y blandos y un pegote de gelatina.

Pero, dentro, el cupcake tenía buen aspecto, de manera que, sí, me lo COMÍ...

YO, ¡COMIENDO ALGO DE LA BASURA!

¡Yo NI MUERTA bebería algo tan asqueroso como agua del VÁTER! ¡ECS! ¡☹!

Bueno, o al menos no a propósito.

Hace unas semanas Hans, el osito de Brianna, cayó por accidente dentro del váter. Al caer, me salpicaron encima cinco litros de agua. Y grité...

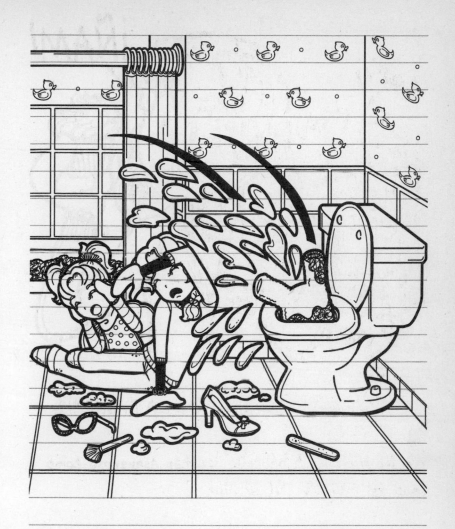

## YO, ¡TRAGANDO AGUA DEL VÁTER!

Pero NO metí la cabeza dentro de la taza del váter para BEBER directamente como si estuviera muriéndome de sed ni nada parecido.

No le he contado a Brandon lo de la basura ni de lo del agua del váter ¡porque pensaría que necesito un entrenamiento de obediencia JUNTO con Daisy! ¡☹!

---

¡Lo siento! Pero ¡soy una persona MUY discreta y no me gusta airear los aspectos privados de mi vida!

---

Por suerte, al final ha cambiado de tema.

---

"Nikki, tengo una idea. Yo podría adiestrar a Daisy. Podríamos hacer dos sesiones semanales en tu patio".

---

"¡Eso suena GENIAL!", he exclamado. "¿Te iría bien miércoles y sábado, empezando este sábado?".

---

"¡Sí, perfecto! Me mucha hace ilusión estar juntos. ¡Será divertido!".

---

"¡Sí, a Daisy también le encanta estar CONTIGO!".

---

En ese momento Brandon me ha MIRADO fijamente en el fondo más fondo de mi... alma. Luego ha sonreído tímidamente y se ha apartado las greñas del flequillo de los ojos. ¡Yo creía que me iba a DERRETIR!

"Con quien me hace ilusión estar es CONTIGO,
¡no con tu PERRITA!", ha dicho sonrojándose.

¡Sí! ¡De verdad! ¡Brandon me ha dicho literalmente eso!

# ¡YAJUUUUUU! ¡☺!

¡Ahí es cuando me ha dado el ataque de AMORITIS!

¡Como si me atacaran con un MONTÓN de ladrillos!

YO, ATACADA POR LA AMORITIS

"¡Er, lo mismo digo, Brandon!", he contestado entre risas nerviosas. "¡Será una pasada!".

"¡ESTUPENDO!", ha dicho Brandon dirigiéndome una sonrisa ladeada.

"¡MUY ESTUPENDO!", he dicho poniéndome colorada.

Luego he cogido aire varias veces y he intentado calmar las mariposas de la barriga porque me estaban empezando a dar náuseas.

## ¿QUE POR QUÉ?

¡Porque SEGURO que Brandon ANULARÍA las sesiones de adiestramiento y ya NO QUERRÍA estar conmigo si empezaba a VOMITAR mariposas sobre la acera!

Para hacer todo eso hace falta...

... estar muy ¡¡CHIFLADA!!

Nos hemos quedado allí sonriéndonos de la forma más tonta durante, no sé, ¡¡una ETERNIDAD!!

Como Brandon se ha ofrecido a ayudarme con Daisy, yo me he ofrecido a ayudarle a él con su proyecto de la web para Fuzzy Friends.

De tan contento, ha sonreído de oreja a oreja.

Hemos quedado en que haré unos dibujos monos para la web, y que la prepararemos casi toda en el insti.

¡Creo que lo de pasar más tiempo juntos Brandon y yo es una gran idea!

Con suerte, acabaremos siendo incluso más amigos que ahora.

Yo le caigo muy bien y él me cae muy bien a mí. ¡¿QUÉ podría salir MAL?!

¡De verdad! ¡NO pienso dejar que nada ni nadie se CARGUE esta AMISTAD tan especial que tenemos!

En fin, tengo que dejar de escribir. ¡Falta menos de media hora para que empiecen las clases y AÚN tengo que acabar de limpiar la casa y ponerme ropa limpia!

¡MADRE MÍA! Si mi MADRE vuelve del trabajo y se encuentra con el DESASTRE que ha organizado Daisy, le dará un INFARTO.

Y nos llevará a Daisy y a mí a Fuzzy Friends...

¡¡... PARA QUE NOS ADOPTE OTRA FAMILIA!!

¡Estoy impaciente por contarle a mis BFF Chloe y Zoey la gran noticia! ¡Que Brandon y yo vamos a pasar más tiempo juntos con el adiestramiento de Daisy y TAMBIÉN preparando su web para Fuzzy Friends!

Y, como Chloe es fan de las novelas románticas adolescentes y Zoey de los libros de autoayuda, ¡seguro que tienen consejos para mi AMORITIS!

¡HUALA! ¡Se me acaba de ocurrir una TONTERÍA! ¡¿Y si resulta que es CONTAGIOSA?!

CORAZÓN AGRANDADO DE TANTO AMOR

MARIPOSAS EN LA BARRIGA

¡¡NUNCA SE SABE!! ¡¡☺!!

Ayer en el almuerzo les conté a Chloe y a Zoey lo de mi AMORITIS y todo lo que había pasado entre Brandon y yo.

Me dieron TODO su apoyo ¡y un ABRAZO muy grande!...

CHLOE, ZOEY Y YO: ¡¡ABRAZO DE GRUPO!!

"¡Al final, Nikki, siempre la lías PARDA, rosa y de todos los colores!", ha bromeado Chloe.

"Pero ¡te QUEREMOS igual!", ha dicho Zoey riendo.

Como Chloe y Zoey son prácticamente EXPERTAS en amores adolescentes, me han dado valiosos consejos...

Primero y ante todo, tener a alguien que te GUSTA es un GUSTAZO si tú también le GUSTAS y estáis a GUSTO. Pero ¡cuidado con los DISGUSTOS!

También es muy normal que te den los NERVIOS y te vuelvas TORPE cuando estás cerca de tu amor secreto.

¡Mira yo! ¡Me pongo NERVIOSA solo de PENSAR EN lo NERVIOSA que me pone Brandon!

Y aquí viene lo bueno: como eres un MANOJO DE NERVIOS, muchas veces DICES y HACES enormes TONTERÍAS que hacen sentir mucha VERGÜENZA y AGRAVAN aún más tu caso de AMORITIS.

# ¡CÓMO HACER EL RIDÍCULO TOTAL DELANTE DE TU AMOR SECRETO!

Lo BUENO es que todo esto del amor secreto acaba siendo una diversión inocente. ¡☺! Es muy probable que tu amor secreto no se entere NUNCA de que te gusta.

¡Lo MALO es que hasta el caso más ligero de amor secreto puede evolucionar y desembocar en un ATAQUE DE AMORITIS! Y, cuando eso pase, podrías acabar ¡¡PERDIENDO LA CABEZA!!...

¡CASO TÍPICO DE AMOR SECRETO
QUE DESEMBOCA EN ATAQUE DE AMORITIS!

A mí lo que me da más MIEDO es que, si mi AMORITIS empeora, ¡al final no podré ir a clase!

¡Imagínate que se vuelve tan grave que me tengo que pasar TODO el verano en la CAMA!

No podría hacer nada, excepto...

1. soñar despierta con mi amor secreto,

2. hacer dibujos de mi amor secreto,

3. escuchar música que me recuerda a mi amor secreto

Y

4. escribir en mi diario sobre mi amor secreto.

De pronto me he dado cuenta de lo GRAVE que era mi situación.

"¡MADRE MÍA! ¡Chloe y Zoey! ¡¡Podría acabar en cama para siempre sufriendo AMORITIS el resto de mi VIDA!!...

¡¡YO, LOCAMENTE FELIZ Y DESEANDO QUE MI AMORITIS DURE PARA SIEMPRE!!

Pero ¡el consejo más importante que debo recordar es que la emoción de la mayoría de los amores secretos se va evaporando con el tiempo cuando empiezas a madurar y/o cuando por fin te das cuenta de que tu CABALLERO de brillante ARMADURA es en realidad un PRINGADO forrado con PAPEL DE ALUMINIO!

Vale, vale, Brandon NO es un PRINGADO forrado con PAPEL DE ALUMINIO, eso seguro. Pero ya pillo la idea.

Chloe y Zoey me han garantizado que Brandon es un chico muy majo y que todo irá bien.

Así que seguiré su consejo y procuraré no preocuparme.

Aunque debo confesar que todas esas mariposas tan monas y simpáticas en la barriga me hacen más bien

# ¡COSQUILLAS!

Cuando por fin hemos terminado el almuerzo, mis BFF han tenido un gesto SUPERDULCE. ¡Me han comprado una copa doble de HELADO DE NATA Y BROWNIE CON CARAMELO CALIENTE!

Cuando les he preguntado por qué eran tan amables conmigo, Zoey se ha aguantado la risa y ha exclamado...

"Es que intentamos ahorrar para nuestra gira de este verano. ¡¡Y comprarte helado es MÁS BARATO que pagarte una TERAPIA!!".

Es lo que hay, pero... ¡¡las QUIERO igual!!

¡☺!

## VIERNES, 23 DE MAYO, 14:30 H,
## MI TAQUILLA

No puedo creer que en poco menos de una semana se acaben las clases. ¡¡YAJUUUUUUUUU!! ¡¡☺!!

Aunque el curso ha sido todo un culebrón de MELODRAMAS, ¡se me ha pasado volando!

¡¡Las vacaciones de verano van a ser una PASADA!!

En julio iremos con mi banda Aún No Estamos Seguros de gira nacional de un mes como teloneros de la banda masculina superfamosa...

¡¡¿A que MOLA muchísimo?!! ¡¡☺!!

Trevor Chase, el productor internacionalmente famoso, me ha encargado una actuación de media hora que incluya nuestra canción original *La ley de los pedorros*.

Los ensayos de la banda empezarán oficialmente cuando termine el curso escolar. ¡MADRE MÍA! ¡No puedo ni imaginarme ir de gira por todo el país con BRANDON! ¡☺! ¡Y con el resto de la banda!

Chloe y Zoey están SUPERemocionadas con nuestra gira y no han parado de hablar de ella ni un segundo. Además, piensan colgar vídeos en YouTube de sus aventuras durante la gira a ver si así alguien les da su propio *reality* televisivo.

Ya tienen pensado un nombre y todo: *Chloe y Zoey: ¡La Gran Gira Adolescente!*.

Como BFF suya, lo ÚLTIMO que quería era desanimarlas respecto a su sueño de tener un programa de televisión.

Pero, después de tener el mío en marzo, ¡no quiero saber NADA de programas de *reality*!

YO, ¡FLIPANDO CON LAS CÁMARAS DE LA TELE METIDAS POR TODAS PARTES! ¡☹!

Ya estoy ayudando a Chloe y Zoey a buscar ideas para el programa, e intentaré darles todo mi apoyo desde DETRÁS de la cámara.

¡TAMBIÉN he solicitado una beca para ir a estudiar este verano a PARÍS! ¡☺!

¡MADRE MÍA! ¿ME imaginas recorriendo la ciudad y visitando el célebre museo del Louvre?...

¡BONJOUR!

YO, ¡PASANDO EL VERANO EN PARÍS!

¡Claro! A decir verdad, ¡yo TAMPOCO me lo imagino! ¡☺!

Y por eso NO pienso sentarme a esperar, aguantando la RESPIRACIÓN, a que se haga realidad el SUEÑO de un VERANO en PARÍS. ¿QUE POR QUÉ? ¡Pues porque la VIDA no es una comedia romántica!

Pero el cambio MÁS GRANDE para mí llegará en otoño, cuando POR FIN empiece...

# ¡¡BACHILLERATO!! ¡¡☺!!

¡¡SÍ!! ¡Seré una bachiller!

Los alumnos de bachillerato MOLAN mucho. Y son muy MADUROS. ¡Y muy SOFISTICADOS! ¡Y lo MEJOR de todo es que son lo bastante mayores como para sacarse el PERMISO de CONDUCIR!

¡MADRE MÍA! ¡¿Nos imaginas a Chloe, a Zoey y a mí llegando a clase en coche CADA DÍA?!

Y, como seremos de BACHILLERATO, ¡¡TAMBIÉN molaremos mucho y seremos muy maduras y sofisticadas!!

¡Supongo que seremos tan distintas que nos COSTARÁ reconocernos en el espejo! ¡O en algún PRECIOSO descapotable deportivo de color fucsia!...

¡CHLOE, ZOEY Y YO EN BACHILLERATO!

Lo mejor del bachillerato es que ya NO tendré la taquilla al lado de la de MacKenzie Hollister. ¡Menos mal! ¡☺!

¿He dicho ya que MacKenzie dejó North Hampton Hills y el martes VOLVIÓ a Westchester Country Day?

¡¡SIP!! Como el malo cualquiera de una película de terror... ¡¡HA VUELTOOOOOO!!

De hecho, ayer la oí PRESUMIR ante sus amigos de cómo respondió en plan engreído a unos alumnos de la NHH que le preguntaron por qué se iba si apenas llevaba un mes allí...

"Ya he mentido, murmurado y traicionado; ya he lanzado rumores, he destruido reputaciones y he creado el caos. ¡Mi trabajo aquí ya HA TERMINADO!".

¡Hay que tener MORRO para hablar así! O ser psicótica, egocéntrica y

# ¡¡SOCIÓPATA!!

El adjetivo RETORCIDA se queda corto para MacKenzie. Es la MALDAD personificada en extensiones de pelo y uñas brillantes.

Si la vida le da a MacKenzie LIMONES, ella NO hace limonada... ¡los ESTRUJA directamente en los OJOS de la gente!

MACKENZIE, PRESUMIENDO DE SU DOMINIO EN EL ESTRUJAMIENTO DE LIMONES

Acababa de llegar a la primera hora de clase cuando me han dado una nota de la SECRETARÍA.

Me he asustado un MONTÓN, porque hace poco MacKenzie intentó que me expulsaran con una acusación falsa de ciberacoso. No me hubiera extrañado que estuviera orquestando OTRO montaje.

O tal vez el conserje había descubierto FINALMENTE que mis BFF y yo nos hemos reunido EN SECRETO en su almacén durante los últimos NUEVE MESES.

¡Nos exponíamos a una semana entera castigadas! ¡☹!

Pero al final la noticia que me ha dado la secretaria me ha sorprendido bastante.

Nuestro instituto va a seguir recibiendo alumnos durante una semana más dentro del programa de intercambio de centros locales, y a mí me ha tocado por sorteo hacer de alumna embajadora. ¡GENIAL! ¡☹!

El caso es que la semana pasada yo participé en ese MISMO programa en la Academia Internacional North Hampton Hills. En principio era la última semana, pero se ve que ha funcionado tan bien que lo han prorrogado para que puedan participar más chicos de otros centros.

Por desgracia, mi alumna embajadora era una reina

del melodrama adicta a las selfies llamada Tiffany.
¡MADRE MÍA! ¡Esa chica era realmente muy
PELIGROSA! ¡MacKenzie a su lado era Dora la
Exploradora!...

¡¡TIFFANY HACE UNA PINTADA EN LA TAQUILLA
DE MACKENZIE Y ME CARGA EL MUERTO!!

Me ENCANTARÍA contar hasta el último detalle de lo que pasó, pero eso es otro DIARIO.

Total, que la secretaria me ha dicho que mi participación como alumna embajadora ¡es OBLIGATORIA! ¡No tengo elección! ¡☹!

Dice que solo tengo que ser amable y acompañar a quien sea que venga a todas mis clases, a partir del lunes.

Pero, por un tema de clases y ratios, ha intercambiado mis horas de educación física y de biblioteca y me ha adelantado el turno del almuerzo. O sea, que la semana que viene veré muy poco a Chloe y Zoey. ☹

Un verdadero PALO porque yo YA había hecho planes para pasar el poco tiempo libre que me queda en el insti ayudando a Brandon con la web de Fuzzy Friends, planeando nuestra gira y buscando ideas con Chloe y Zoey para su proyecto de vídeos.

Total, la secretaria me ha pasado el nombre de la alumna de intercambio y también su dirección electrónica.

Creo que ha dicho que se llama Angie.

No, espera, era... Andrea.

Creo.

Espero que al menos sea simpática.

Entre la alumna de intercambio, el adiestramiento de Daisy, el proyecto de Brandon para Fuzzy Friends, la gira estival y TAMBIÉN los vídeos de YouTube de mis BFF, mi agenda para este fin de curso va a ser...

# ¡¡BRUTAL!! ¡¡☹!!

¡Menos mal que mi amor secreto y mis BFF son muy comprensivos y buenísimos APOYANDO!

¡¿QUÉ puede salir MAL?!

¡¡☺!!

Chloe y Zoey han venido a mi casa después de clase. Hemos pedido pizzas y hemos pasado el rato.

Les he contado a mis BFF que, después de aquel absurdo MELODRAMA de Tiffany en la NHH, me asustaba un poco pasar una semana entera con Andrea.

Porque... ¡¿Y si Tiffany y Andrea eran amigas?!

¡A lo peor Andrea también era una reina del melodrama adicta a las selfies!

Pero a Chloe y Zoey se les ha ocurrido una idea que era verdaderamente GENIAL.

Me han dicho que enviara a Andrea un correo electrónico en plan enrollado presentándome ANTES de conocernos oficialmente el lunes.

Y eso es lo que he hecho...

* * * * * * * * * * * * * * *

Hola:

Me llamo Nikki y seré tu alumna embajadora
en Westchester Country Day. Estoy impaciente
por conocerte el lunes. No dudes en preguntarme
lo que quieras, me encantará contestarte
(mientras NO sea sobre los deberes de geometría).
¡Un abrazo! ¡☺!

Nikki

* * * * * * * * * * * * * * *

En cuanto le he dado al botón de enviar he
empezado a arrepentirme.

¡¿Y si Andrea pensaba que mi mensaje era una
tontería y que soy muy inmadura para mi edad?! ¡☹!

Al cabo de un cuarto de hora, para mi sorpresa, me
ha llegado al buzón un mensaje de Andrea. ¡Caramba!
¡Qué RÁPIDA!

\* \* \* \* \* \* \* \* \* \* \* \* \* \* \*

Hola, Nikki:

Gracias por tu mensaje. Yo también tengo ganas
de conocerte.

Sinceramente, lo de pasar una semana entera
en el WCD me da un poco de vértigo. Pero ¡los
exámenes sorpresa de geometría, aún más!

Te agradeceré cualquier consejo sobre cómo
encajar en el WCD sin hacer demasiado el
RIDÍCULO.

A.

\* \* \* \* \* \* \* \* \* \* \* \* \* \* \*

Hola, A.:

¡No te preocupes! Como en casi todos los
centros, la mayoría de los alumnos del WCD son
bastante majos. Basta con que evites a las popus y

a los tíos plastas. Todo irá bien. Ningún chico se ha metido con mis piernas peludas. Últimamente. ¡☺!

Me muero de ganas de que conozcas a mis BFF Chloe y Zoey. ¡Y a Brandon! ¡Es mi amor secreto y es MONÍSIMO! Puedes llamarnos Branikki. Pero NO LE DIGAS que te lo he dicho (LOL). Haremos cosas todos juntos. ¡Ya verás qué bien lo pasamos! ¡☺!

Nikki

\* \* \* \* \* \* \* \* \* \* \* \* \* \* \*

Hola, Nikki:

Gracias por el consejo. Ya estoy mucho mejor. ¡Qué bien que seas tú mi alumna embajadora!

Hace pocas semanas que llegué a la NHH, por lo que aquí tampoco tengo amigos. Tienes suerte de tener amigos como Chloe, Zoey y Brandon. Estoy impaciente por conoceros a todos.

A.

\* \* \* \* \* \* \* \* \* \* \* \* \* \* \* \*

Hola, A.:

¡Ser nueva en un sitio es un palo! Lo sé por
experiencia.

Yo estuve hace poco en la NHH con el mismo
programa de intercambio. Seguro que nos hemos
cruzado por los pasillos. Conocí a gente maja e
hice muchos amigos. ¡Te recomiendo mucho que
te apuntes al club de ciencias de la NHH! Hablamos
más cuando vengas. ¡Feliz fin de semana! 😊

Nikki

\* \* \* \* \* \* \* \* \* \* \* \* \* \* \* \*

¡La idea de Chloe y Zoey ha funcionado de maravilla!

Después de nuestro intercambio de mensajes, me siento
como si Andrea y yo ya nos conociéramos.

Se la ve muy maja y me gusta mucho su sentido del humor.

Me muero de ganas de presentársela a los miembros del club de ciencias de la NHH.

Para que Andrea tenga un cálido recibimiento, se me ha ocurrido una idea megaMOLONA.

He hecho un cartel de bienvenida con purpurina fucsia.

¡Creo que le va a ENCANTAR!...

## ¡¡BIENVENIDA AL WCD, ANDREA!!

Bueno, al menos, Andrea NO es una SOCIÓPATA psicótica y egocéntrica (como alguien que yo me sé).

Vale, ¡confieso que me había equivocado!

Creo que esto de hacer de alumna embajadora NO va a ser tan PALAZO como pensaba.

¡Va a ser **DIVERTIDO**!

¡Y a lo mejor hasta habré hecho una BUENA amiga!
¡¡☺!!

Hoy teníamos la primera sesión de adiestramiento de Daisy con Brandon y estaba megaimpaciente.

Como ayuda en Fuzzy Friends varias veces a la semana, sabe mucho de adiestrar perros. Daisy no tardará nada en ser la perrita mejor adiestrada de la ciudad.

Hasta me estaba planteando apuntarla a alguno de esos concursos tan SOFIS de la tele, en los que gente que va de fina se pasea pavoneándose con sus perros, que van de finos, por delante de un jurado, que también va de fino, y en los que el vencedor se lleva un trofeo enorme.

¡Anda! ¡En unos meses podríamos ser NOSOTRAS!

# ¡YAJUUUUUUUUU! ¡☺!

Y Brandon estará ahí con Daisy para capturarlo todo con su cámara...

## ¡¡DAISY GANA EL PRIMER PREMIO!!

Daisy y yo nos hemos sentado en el patio a escuchar
atentamente la primera lección que Brandon
explicaba con entusiasmo...

¡PRIMERA SESIÓN DE ADIESTRAMIENTO
DE DAISY CON BRANDON!

Primero Brandon ha atado la correa al collar de Daisy.

Luego, para ponerla a andar, le ha ofrecido una recompensa a un par de metros de distancia.

Mi parte consistía en caminar lentamente por el patio llevando de la correa a Daisy, que iba siguiendo a Brandon y sus recompensas.

Si Daisy le seguía tranquila, la felicitaba y le daba más recompensas.

Pero si se distraía o empezaba a tirar de la correa, yo me quedaba quieta donde estaba hasta que dejara de portarse mal.

Daisy lo ha pillado enseguida.

Y al cabo de muy poco tiempo ya se dejaba llevar con la correa por el patio como la mejor.

Hasta que se ha aburrido y ha decidido que sería más divertido juguetear con una ARDILLA...

DAISY, HACIÉNDOSE AMIGA
DE UNA ARDILLA

La tonta de mi perra ha perseguido a la ardilla dando vueltas en círculo hasta que...

BRANDON Y YO NOS HEMOS ENCONTRADO UN POCO, ER... ¡¡ENREDADOS!!

"¡MUY MAL, DAISY! ¡MUY MAL!", he gritado.

"¡NO, DAISY, NO!", le ha reñido Brandon
muy serio.

Pero Daisy se ha quedado ahí sentada y se ha puesto
a mirarnos con sus enormes ojos marrones de cachorro
inocente, fingiendo que no tenía la menor idea de cómo
habíamos acabado así de liados.

# ¡MADRE MÍA!

## ¡Ha sido tan EMBARAZOSO!

## ¡Y EMOCIONANTE!

## ¡Y DIVERTIDO!

## ¡Y tirando a ROMÁNTICO!

¡Al vernos tan ridículos intentando deshacer el lío
que había hecho Daisy con la correa nos ha entrado
la risa a los dos!

A pesar del DESASTRE de la correa, los dos
pensamos que Daisy es una perrita inteligente
y que ha aprendido a pasear con correa.

En la siguiente sesión, Brandon le enseñará a sentarse
y a obedecer órdenes.

Solo espero que sea tan ~~divertida y romántica~~
educativa e interesante como la lección de hoy.

# ¡¡YAJUUUUUU!!

## ¡¡☺!!

# SÁBADO, 15:00 H,
## MI HABITACIÓN

Cuando Brandon se ha ido, he subido a mi habitación a acabar mis deberes de historia.

De repente alguien ha llamado a la puerta. He supuesto que sería Brianna.

"¡No, Brianna! ¡No te dejaré jugar al juego del Hada de Azúcar en mi móvil!", he gritado. "¡Estoy haciendo deberes!".

La puerta se ha abierto y mi padre ha asomado la cabeza. "Soy yo, Nikki. Necesito estar en las mallas sociales", ha anunciado. "¿Puedes ayudarme?".

"¿Las mallas sociales? Papá, ¿de qué hablas?", he dicho.

"Ya sabes, ¡eso de Instachat, Snapgram, Feis No Sé Qué y Buitre! ¡Tengo que estar en todos esos sitios con mi empresa, Fumigaciones Maxwell!", ha dicho sentándose en mi cama. ¡¡Sin ser INVITADO!!...

MI PADRE PIDIÉNDOME AYUDA
CON ¡¿INTERWEB?!

Mi madre sí que está en Facebook, para mantener el contacto con sus amigas del instituto y hacerme pasar VERGÜENZA colgando fotos NO AUTORIZADAS.

Pero... ¿mi padre? ¡Mi padre sigue escuchando los partidos en un viejo RADIOCASETE de pilas!

"Tengo que estar en Interweb, digo INTERNET, para ganar más clientes", ha explicado. "Quiero apuntarme a todos esos sitios populares, el Feistuc ese y el Instagrammy. Necesito estar conectado y poder palpar la realidad en que vive la juventud".

Teniendo en cuenta cómo había DESTROZADO los nombres de las redes sociales, era difícil que quedara algo por palpar. Con razón no las encontraba.

He apartado los deberes de historia y le he cogido el portátil.

Mientras él miraba, he escrito "redes sociales populares" y he clicado en un enlace. En cuestión de segundos ha salido una lista de enlaces a todas las redes populares cuyos nombres había destrozado.

"Ya está, toma", he dicho cuando le devolvía el portátil.

"¡Gracias, Nikki!", ha contestado con una sonrisa enorme. "De verdad, gracias. ¡Ten, te lo has ganado!".

Ha sacado la cartera y ha extraído lo que al principio me han parecido billetes. ¡☺! Pero no. Eran vales de regalo. ☹. Sí, cuatro vales "Superahorro" para la pizzería Queasy Cheesy. Para ser exactos: "Vale por una pizza GRATIS y un refresco grande. Solo sábados de 13:00 a 15:00 h".

"Gracias, papá", le he dicho con una sonrisa.

Me ha dado la corazonada de que a lo mejor le habían dado esos vales después de fumigar el restaurante. Pero, como es posible que acabe COMIENDO allí, no he querido preguntar más.

Supongo que siempre puedo vender a buen precio los vales en INTERWEB, ¿verdad, papá?

¡¡☺!!

¡Hoy se ha puesto a llover a cántaros! Lo que significa que me he quedado encerrada en casa con mi familia, ¡que están como CABRAS! ¡☹!

Primero, y como ha de ser, he pasado cierto tiempo holgazaneando en la cama, escribiendo en mi diario (sobre quién tú ya sabes) mientras comía chocolate.

¡Y he sacado mis reservas secretas de golosinas! ¡☺!

Tengo que esconderlas siempre porque, si no, Brianna se las zamparía absolutamente todas en menos de sesenta segundos.

¡De verdad! ¡Se lo he visto hacer!

# ¡DOS VECES! ¡☹!

Supongo que mi madre ha querido aprovechar el día de lluvia. De manera que ha decidido que nos convenía pasar un Buen Rato Familiar.

"¡Es la hora del Maratón de Juegos de Mesa!",
ha anunciado muy contenta al final del almuerzo...

¡MI MADRE, ANUNCIANDO EL MARATÓN!

Supongo que ninguno de nosotros estaba preparado para la "MÁXIMA DIVERSIÓN", porque de repente se ha hecho un silencio muy grande y se podía oír el agua de la lluvia borboteando en las alcantarillas de fuera.

Luego me he dado cuenta de que era Brianna SORBIENDO su ponche del Hada de Azúcar.

"Ya me gustaría unirme a la diversión, cariño", ha dicho mi padre. "Pero ¡está a punto de empezar el gran partido!".

"¡Yo también lo siento, mamá! ¡Me ENCANTARÍA quedarme a jugar a algún emocionante juego de mesa!", he mentido. "Pero van a dar mi reality FAVORITO, ¡Nos hacemos ricos viviendo del cuento!, ¡hoy es el último episodio!".

Cuando mi padre y yo ya nos íbamos, mi madre nos ha fulminado con su mirada de más-vale-que-os-sentéis-si-sabéis-lo-que-os-conviene.

Como es lógico, nos hemos vuelto a sentar corriendo.

No es buena idea hacer enfadar a mi madre. NUNCA.

Ya sabes aquello de "MADRE no hay más que una", ¿verdad?

Pues yo añadiría "Pero, si está enfadada, ¡grita como si fueran DIEZ!".

"¡Maratón de Juegos de Mesa, BIEN!", ha exclamado Brianna. "¡Voy a buscar un juego de mesa SUPERDIVERTIDO! ¡Ahora vuelvo!".

Mi madre nos ha escoltado a mi padre y a mí hasta el salón como una celadora de prisiones.

Solo le faltaba esposarnos al sofá para impedir que intentáramos algún acto criminal peligroso, como encender la tele.

Unos cinco minutos después, Brianna ha entrado brincando en la habitación llevando una bolsita detrás de la espalda y una caja de pizza vieja pintada con purpurina y pintura de dedos.

"¡Mirad todos! ¡He hecho un juego yo SOLA!
¡Se llama Juego Supermolón de Brianna! ¡Os va
a ENCANTAR! ¡¿Podemos jugar?! ¿Mami, porfa?
¡PORFAAAA!", ha suplicado...

¡EL JUEGO SUPERMOLÓN DE BRIANNA!

"¡Nos ENCANTARÁ jugar a tu juego, cariño!", ha dicho mi madre. "¡VA a ser SUPERDIVERTIDO!".

Brianna ha abierto la caja de pizza.

Dentro había un tablero de juego que había hecho ella con casillas mal puestas llenas de garabatos escritos con cera ¡que NO tenían NINGÚN sentido!

No se entendía hacia dónde había que mover las fichas ni dónde estaba la meta.

Parecía que había MASTICADO las ceras y las había ESCUPIDO sobre el papel. Con los ojos cerrados.

"¡Vale! ¡Yo seré la jefa del juego!", ha anunciado Brianna. "Papá, tu puedes ser el clip de papel y mamá, tú eres el céntimo".

Les ha dado sus fichas.

"¡Guay! ¡Yo seré este zapato de Barbie tan mono!", he exclamado cogiendo un zapatito de tacón de aguja rosa y brillante.

"¡NO, NO!", ha gruñido Brianna arrancándomelo de la mano. "¡Este es MÍO! ¡Acuérdate de que es MI juego! ¡Yo lo he hecho, yo MANDO!".

Y me ha sacado la lengua.

Me he cruzado de brazos y la he mirado con rabia.

"Pues a ver, entonces ¡¿a mí qué ficha me toca para jugar a tu juego?! ¡No queda nada!", he protestado.

Brianna ha mirado dentro de la caja y, como yo decía, ya NO había más fichas.

Pero ¡se ha ENCOGIDO de hombros como si NO fuera su problema!

¡Y a mí se me ha ocurrido una idea GENIAL!...

"¡QUÉ PENA! ¡Ya veo que no podré jugar a tu juego, Brianna! ¡Con la ilusión que me hacía!", he dicho haciendo falsos pucheros. "En fin, si no queda otro remedio, me iré a ver el último episodio de ¡Nos hacemos ricos viviendo del cuento! mientras vosotros os SUPERDIVERTÍS. Pero ¡lo superaré! ¡ADIÓS!".

"¡Eh! ¡Espera, espera!", ha dicho sonriendo Brianna mientras arrancaba un trozo de salami medio podrido que se había quedado pegado en el fondo de la caja. "¡Ten, Nikki! ¡Ya tienes FICHA!"...

"¡A mí no me des esa porquería!", he gritado.

"Pero ¡si es la MEJOR!", ha exclamado Brianna. "¡Si tienes hambre y quieres picar algo, la puedes ir masticando! Luego, cuando te toque mover, vuelves a poner el salami en el tablero. ¡Seguro que puedes masticarlo un montón de horas! ¡Como si fuera chicle!".

En ese momento me ha dado una arcada.

"¡MAMÁ!", he gemido con la esperanza de que interviniera.

"¡Nikki, lo estás ESTROPEANDO todo!", me ha reñido. "¡Con el trabajo que se ha tomado tu hermana para hacer este juego, cálmate un poquito! Coge el salami y colabora, ¿vale?".

He cogido el salami ASQUEROSO a regañadientes, procurando no tocar la parte podrida y lo he dejado caer sobre la casilla de salida, que ponía "zalida".

"Mamá, sales tú", ha dicho Brianna.

Mi madre ha tirado el dado y ha avanzado cuatro casillas.

"¡Ahora viene la parte divertida!", ha chillado Brianna sacando una pila de tarjetas de cartón escritas con marcador negro con su letra chapucera. "¡Tenéis que hacer lo que diga la tarjeta!".

Sin embargo, en lugar de coger la primera tarjeta de la pila, las ha ido repasando todas hasta que ha encontrado la que quería.

"¡Ten, mamá, esta es TU tarjeta!".

Mi madre ha leído la tarjeta...

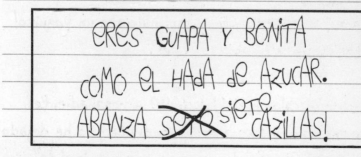

"¡Oh!", ha exclamado mi madre sonriendo mientras movía su céntimo siete casillas. "¡SUPERDIVERTIDO!".

"¡Ahora tú, papá!", ha exclamado alegremente Brianna.

Mi padre ha tirado el dado y ha avanzado cinco casillas.

Brianna ha elegido una tarjeta y mi padre la ha leído...

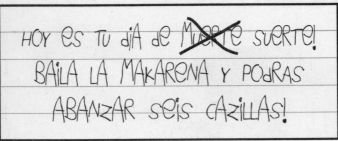

HOY ES TU DÍA DE ~~MUERTE~~ SUERTE!
BAILA LA MAKARENA Y PODRAS
ABANZAR SEIS CAZILLAS!

"¡¡Yujuu!!", ha exclamado mi padre levantándose de un brinco. Ha hecho una versión de la *Macarena* que incluía el baile de los pajaritos y algunos movimientos que había visto en un vídeo de Justin Bieber.

# ¡Argh!

¡Nunca más podré volver a ver ese vídeo sin acordarme de la *Macarena* de mi padre!

Ahora me tocaba a MÍ.

He lanzado el dado y he avanzado tres casillas.

"¡Ay, ay, ay!", ha dicho Brianna leyendo la tarjeta que ha elegido para mí.

Me la ha pasado y la he leído en voz alta...

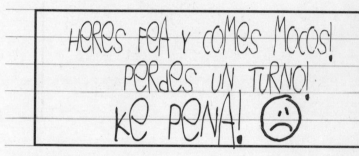

"¡¿QUÉ?!", he gritado. "¡Eso NO es JUSTO! ¡¿Por qué me toca a mí ser la fea, comemocos... que PIERDE?!".

"¡Porque es MI juego y yo hago las REGLAS!", ha sentenciado Brianna con los brazos en jarras.

"¡Vale, PERFECTO!", he gruñido. "¡Creía que iba a ser SUPERDIVERTIDO!".

¡Ya estaba HARTA del ESTÚPIDO juego de Brianna!

"¡Atención todos: AHORA me toca a MÍ!", ha dicho Brianna entre risitas. Ha tirado el dado y ha movido su zapato de Barbie tres casillas.

"Ahora cojo una tarjetaa...", ha dicho mientras las iba repasando todas hasta que ha encontrado la que quería.

"¡HURRA! En mi tarjeta pone...".

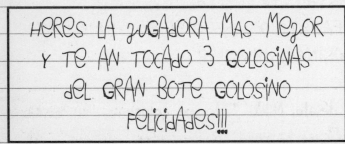

ERES LA JUGADORA MAS MEJOR Y TE AN TOCADO 3 GOLOSINAS DEL GRAN BOTE GOLOSINO FELICIDADES!!!

"¡¿QUÉ 'gran bote golosino'?!", he gritado.

"¡ESTE!", ha contestado Brianna cogiendo la bolsa de plástico y abriéndola.

Casi me da un...

# ¡INFARTO!

¡Eran mis reservas de golosinas! ¡Mi... mi TESORO!

## ¡¡¿DE VERDAD QUE ESA LADRONA MALCRIADA SE HABÍA METIDO EN MI HABITACIÓN Y ME HABÍA ROBADO TODAS LAS RESERVAS DE GOLOSINAS?!!

"¡¡BASTA!!", he gritado. "¡Estoy HARTA de este PATÉTICO juego! ¡DEVUÉLVEME LAS GOLOSINAS, BRIANNA!".

"¡Va, déjalo, Nikki! Solo son golosinas. ¡Ya buscarás otras!", me ha regañado mi padre. "¡Vamos a intentar divertirnos con el juego de tu hermana!".

"Tu padre tiene razón. Es una oportunidad para que des buen ejemplo a Brianna. ¡O sea que no te ENFADES por PERDER!", me ha reprendido mi madre.

Y aún se preguntarán por qué he estado de morros.

Cada vez que me tocaba A MÍ, acababa con alguna estúpida tarjeta en las manos que decía cosas como...

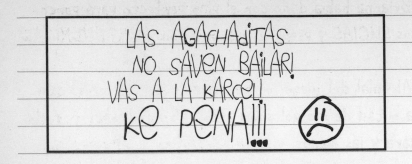

O...

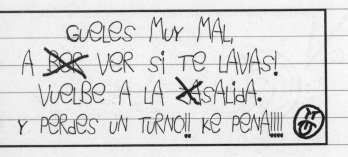

Y cada vez que le tocaba a ella, Brianna se comía más golosinas de MI reserva. ¡Me moría de RABIA viéndolos a los tres! MIS propios padres me OBLIGABAN a ver cómo la malcriada de mi hermana DEVORABA mis golosinas durante el último episodio de ¡Nos hacemos ricos viviendo del cuento!

¡He estado a punto de llamar a la policía y denunciarlos por MALTRATO INFANTIL! ¡¡☹!!

¡Brianna había dado con el plan perfecto para poner sus SUCIAS y pequeñas manos en mis PERTENENCIAS!

¡Al final del juego, mi hermana se había comido casi la mitad de mis golosinas! Tenía chocolate por toda la cara y las manos, y se la veía un poco indispuesta...

¡UFFFF! ¡MI BARRIGA!
¡MAMI, ME ENCUENTRO MAL!

"¡Vaya por Dios! ¡Creo que este juego se nos ha ido de las manos!", ha dicho mi madre un poco aturdida.

Mi padre ha recogido a Brianna del suelo. "Has comido demasiados dulces, señorita. Creo que necesitas reposar un poco para curar el dolor de barriga".

"Pero ¡yo quiero seguir jugando!", ha gimoteado casi sin voz. "¡NUNCA puedo COMER todas las GOLOSINAS de Nikki que quiero!".

# ¡AJÁ!
## ¡¡Lo que me imaginaba!!

El juego de Brianna solo era para hacerse con mis reservas, y mis padres habían caído en la trampa.

Reconozco que ha sido brillante como una Maléfica con coletas y zapatillas rosas de My Little Pony.

Pero no pienso sentir ninguna pena por ella.

¡La próxima vez que hagamos un Maratón de Juegos de Mesa utilizaremos un juego APAÑADO por MÍ!

¡Mi tablero se llamará BROQUILOPOLY y saldrán TODAS las comidas que Brianna ABORRECE!

¡Vete preparando, hermanita!

¡La VENGANZA será grande, repugnante y muy verde! ¡Y también muy SANA!

Ya tengo ganas de darle a Brianna su tarjeta especial...

> # ¡Es tu día de suerte!
> # ¡Tienes que beber 5 litros
> # de batido verde! ¡Qué pena! ☹

¡¿Quién sabe?! Si tengo de verdad ganas de VENGANZA, ¡a lo mejor hasta le echo un poco de SALAMI PODRIDO para potenciar el sabor!

En fin, como *¡Nos hacemos ricos viviendo del cuento!* ya ha terminado, será mejor que intente acabar los deberes que no he hecho en todo el fin de semana.

¡Tengo unas ganas de ir mañana al insti!

Por fin conoceré a la alumna de intercambio de la NHH, Andrea.

¡Será una PASADA!

# ¡¡YAJUUUUUU!!

¡¡ 😊 !!

# LUNES, 26 DE MAYO, 12:15 H, CUARTO DE BAÑO DE CHICAS

Hoy pensaba pasar la hora del almuerzo con Chloe, Zoey y Brandon para ayudarles con sus proyectos.

Chloe y Zoey quieren empezar a grabar vídeos de prueba la semana que viene.

Y Brandon necesita tener acabada y en marcha la web de donaciones de Fuzzy Friends antes de su campaña anual de recaudación de fondos, que empieza el 5 de junio.

Pero, por desgracia, he tenido que anularlo todo porque me han obligado a almorzar antes para poder estar a las 12 en la recepción del intercambio. Como lo de alumna embajadora es OBLIGATORIO, no tenía más remedio.

A las doce he cogido mi cartel de bienvenida y he corrido hacia secretaría.

Me he puesto a esperar ante la puerta...

Pero enseguida me he dado cuenta del ENORME error que había cometido. ¡¿CÓMO podía haber entendido mal algo tan fácil como un NOMBRE?!

¡El nombre que me dijeron NO ERA Andrea!...

... ¡ERA ANDRÉ!

Me he quedado mirándolo boquiabierta y le he soltado...

# "¡MADRE MÍA! ¡¿Eres un CHICO?!".

Claro, después de decir eso, ¡imagínate lo IDIOTA que me he sentido!

Notaba cómo me sonrojaba de vergüenza.

Él me ha dirigido una gran sonrisa y ha asentido.

"¡Sí, Nikki, soy un chico! Siento decepcionarte".

"¡NO! ¡Cla... claro que no!", he tartamudeado. "¡Sería muy TONTO sentir eso solo porque eres un chico! ¡AY! ¡Me refiero a MÍ! ¡NO quiero decir que TÚ seas tonto si te sientes así! Porque la mayoría de los chicos lo son..., quiero decir ¡NO LO SON! Entiéndeme, me refiero a..., er, ¿soy YO o aquí hace mucho CALOR?".

De repente André se ha acercado a mirar mi cartel de bienvenida...

ANDRÉ, MIRANDO MEJOR MI CARTEL

He intentado esconder el nombre equivocado y le he
quitado importancia...

Pero ¡por dentro me quería MORIR!

**¡MADRE MÍA!** ¡NO podía creer que le hubiera contado a un CHICO información TAN personal como lo de mis piernas peludas, mi amor secreto y "Branikki"!

¡¿Y si se lo cuenta a TODO el insti?! ¡☹! O todavía peor: ¡¡¿Y si se lo cuenta a todo MI insti y a todo el SUYO?!! ¡☹! Mi reputación sería aún más **PATÉTICA** de lo que ya es. Y los chismes podrían seguirme hasta bachillerato y estropear los mejores años de mi vida.

De pronto he visto que André me estaba mirando.

"Er... ¿estás bien?", ha preguntado.

Me he estampado una sonrisa falsa en la cara y he contestado con tono alegre: "André, encantada de conocerte por fin. Espero que disfrutes de tu estancia con nosotros en Westchester Country Day. ¿Preparado para la visita?".

André me ha contado que su padre es francés y trabaja en las Naciones Unidas y su madre es de Estados Unidos y es periodista. Su madre y su padrastro viven aquí, mientras que su padre tiene una casa aquí y otra en París. Dice que asistió al programa de alumnos con talento del museo del Louvre y que le ENCANTARÁ hacerme de guía si alguna vez voy a París.

Entonces ha pasado una cosa RARÍSIMA. André me ha mirado fijamente y me ha preguntado si podía llamarme Nicole en lugar de Nikki. Dice que el nombre de Nicole es popular en Francia y que es fascinante; significa "vencedora" y me encaja mucho más.

¡MADRE MÍA! ¡Casi me MUERO de la enorme bajada de presión sanguínea de tanto que me he sonrojado!

"Er..., ¡claro, André! De hecho, mi nombre real ES Nicole", he soltado entre risitas nerviosas.

André parece casi... ¡PERFECTO! ¡Parece sacado de una de las novelas de amor adolescente de Chloe!

No sé qué NARICES me pasa. Me ha preguntado cuál es mi asignatura preferida y me he quedado en blanco.

Tampoco me acordaba de la combinación de la taquilla.

Me he puesto a buscar el móvil para anotar su número y resulta que lo tenía en la mano.

Al final le he pedido amablemente a André que me esperara en la biblioteca —la biblioteca la he encontrado SOLO porque estábamos delante— mientras iba al baño de chicas de la otra punta del pasillo ¡a ver si me había dejado allí el CEREBRO!

¡Sí! ¡He dicho el **CEREBRO!** O quizá se ha ido hace un rato por el agujero del váter cuando he tirado de la cadena. ¡¡Porque está CLARO que ahora mismo estoy DESCEREBRADA!! ¡¡☹!!

He corrido hasta el baño de chicas para recomponerme, ¡porque tenía una CRISIS MONUMENTAL! Me he soltado un discurso motivacional: Tranquila. TÚ puedes. Respira hondo y repite...

"¡YO PUEDO! ¡YO PUEDO!
¡YO PUEDO! ¡YO PUEDO!".

¡Muy bien! Ahora mírate en el espejo y repítelo por última vez...

YO, ¡TENIENDO UNA CRISIS MONUMENTAL!

Para EMPEORARLO todo, acabo de recibir un correo electrónico muy importante.

Pero me da miedo abrirlo.

¡Estoy SUPERnerviosa y completamente estresada!
Pero, sobre todo, estoy... ¡¡SUPERADA!!

He enviado un mensaje desesperado a Chloe y Zoey:

NIKKI: ¡¡SOCORROOOOOOOOOOO!!
¡¡☹!! ¡He perdido la cabeza! Y, como
es la única que tengo, me voy a
buscarla. Pero si por casualidad la veis
por ahí, hacedme un favor muy grande
y guardadla en el almacén del conserje
hasta que vuelva.

ZOEY: ??????????

CHLOE: Se t ha ido la olla?!!!!!

NIKKI: Supongo que sí. ¡Acabo de
dejar a un chico guapísimo en la
biblioteca para ir corriendo al
baño y GRITARME al espejo!
¡Enseguida vuelvo! De momento
estoy buscando mi cerebro
en el lavabo.

CHLOE: ????????

ZOEY: ????????

¡RECORDATORIO!

No abrir el correo que me acaba de enviar Madame
Danielle, la profe de francés de la NHH, que
lleva por asunto "DECISIÓN SOBRE VIAJE DE
ESTUDIOS ARTÍSTICO CULTURAL A PARÍS".

# ¿QUE POR QUÉ?

Porque, si tengo que enfrentarme a más
MELODRAMAS, ¡¡me EXPLOTARÁ la CABEZA!!

Y NO quiero hacer el RIDÍCULO en público cuando
me EXPLOTE la cabeza delante de todos los
alumnos del insti.

Y de, er..., André.

¡¡☹!!

He pasado casi dos horas acompañando a André en una visita guiada al WCD.

A diferencia de ciertos alumnos de la NHH, él parece bastante simpático y tiene mucho sentido del humor.

Nos hemos entendido muy bien y, ¡no te lo pierdas!, **¡A LOS DOS NOS ENCANTA EL ARTE!**

¡El único problema es que me pone SUPERnerviosa!

No sé por qué. ¡¡PASA y ya está!!

André todavía no ha podido conocer a ningún otro alumno.

Y eso que, después de mis mensajes surrealistas, Chloe y Zoey se MUEREN de ganas de CONOCERLO.

En la última hora, mis BFF han iniciado más de una docena de conversaciones en el móvil.

Llegaban tantos avisos que he tenido que quitarle el sonido.

Las muy descaradas me estaban suplicando que me hiciera una selfie con André y se la ENVIARA para ver "¡lo CACHAS que está!".

¡Lo siento, Chloe y Zoey! ¡☹! Pero no hace ni cinco minutos que conozco al tipo.

NO pienso ponerme en ridículo diciendo: "Er..., André, ¿te importa que nos hagamos una selfie rápida? ¡Mis BFF se mueren de ganas de ver lo CACHAS que estás!".

¿Te imaginas lo INFANTIL que sonaría eso?

Al menos Chloe y Zoey no se han enfadado demasiado cuando antes les he dicho que no podía quedar con ellas para trabajar en su proyecto de vídeo.

Cuando André y yo hemos terminado la visita, le he enseñado su taquilla y le he dicho que si tenía dudas sobre lo que fuera me enviara un mensaje.

Tenía que salir antes del insti porque iba al dentista, así que lo he acompañado hasta la puerta.

Creía que el que le estaba esperando era su padre, pero me ha dicho ¡que era su chófer!...

¡Sí, señoras y señores! ¡Es un chaval de nuestra edad y ya tiene CHÓFER propio!

¿Te imaginas?

¡¡Tiene que ser GUAY!!

Hemos quedado mañana por la mañana delante de mi taquilla para ir a clase juntos.

Cuando André se ha ido, he decidido atreverme a leer el correo sobre el viaje de agosto a París. En principio la respuesta de si había sido aceptada o no tenía que llegar la semana que viene, pero ¡estaba segura de que este mensaje era un RECHAZO categórico!

Total, aunque me explotara la cabeza, no había nadie cerca, solo MacKenzie, y no creo que le importara...

Excepto, claro, si le cayera sobre el zapato la más minúscula partícula. ¡Pillaría un berrinche monumental!

He leído el mensaje aguantando la respiración: "Querida Nikki, bla, bla, bla, bla, bla, bla...".

YO, LEYENDO NERVIOSA EL CORREO

Por desgracia, no he podido acabar de leer
TODO el correo porque he sido BRUSCAMENTE
interrumpida.

I¿Adivinas por quién?!...

# ¡¡MacKenzie!! ¡¡☹!!

"¿Qué es? ¿Un viaje de trabajo familiar? ¡No sabía
que en París tuvieran CUCARACHAS!", se ha burlado.

Vale, sí. Mi padre tiene una empresa de fumigaciones.
¡¿Y qué?!

¿Solo por eso la tipa tiene que andar INSULTANDO
todo el tiempo?

¡Si ni siquiera HABLABA con ella! ¡☹!

De pronto he mirado a MacKenzie horrorizada.

"¡¡OH, CIELOS!! ¡¡MACKENZIE!! ¡¡TU... TU...
NARIZ!!", he gritado. "¡Qué fuerte! ¡Tu NARIZ!".

MacKenzie se ha tocado la nariz aterrorizada.

# "¡¿QUÉ TENGO?! ¡¿QUÉ PASA CON MI NARIZ?!".

"¡QUE SE HA VUELTO A METER EN MIS ASUNTOS!", he exclamado. "¡POR FAVOR! ¡NO METAS LA NARIZ EN MIS ASUNTOS!".

MacKenzie me ha puesto cara de impaciencia. "Nikki, en lugar de preocuparte por mi nariz, deberías preocuparte por tu cara. Es FEA como el CULO y cuando te cruzas con un perro ¡te la huele! ¿Hay CELOS de mi BELLEZA? ¡Se siente!".

"¡¿De verdad crees que tengo celos?! MacKenzie, ¡tu pelo es FALSO, tus uñas son FALSAS, tus pestañas son FALSAS y tu tono de piel es FALSO! ¡Tu belleza se puede COMPRAR superBARATA en cualquier bazar!".

"¡Por lo de tu cara estate tranquila, Nikki! ¡Siempre tendrás el PHOTOSHOP para retocarla!".

"¿Ves? Yo tengo solución, MacKenzie. Pero tu PERSONALIDAD FEA como el CULO no se arregla con el Photoshop. ¡Claro que con un padre tan rico siempre puedes pedirle que te COMPRE otra para tu cumple!".

Entonces MacKenzie ha preferido ignorarme.

Se ha mirado en el espejo y se ha echado unas cuatro capas de brillo de labios de melocotón refulgente.

Luego se ha echado el pelo hacia atrás, ha vuelto a poner cara de impaciencia y se ha ido CONTONEÁNDOSE.

¡Qué RABIA me da que haga eso!

¡MacKenzie es TAAAN pesada!

Me da ganas de...

# ¡¡GRITAR!!

Pero, en lugar de pensar en MacKenzie, he decidido concentrarme en ¡mis FABULOSOS planes de verano!

¡Eran tan EMOCIONANTES que podrían poner VERDE de envidia hasta a la propia MacKenzie!

# JUNIO: Er... ¿he dicho ya que mi cumpleaños es en junio?

# JULIO: En julio iré de gira con mis BFF.

# AGOSTO: En agosto iré a París.

# SEPTIEMBRE: ¡Y en septiembre empezaré bachillerato!

¡NO pensaba dejar que los estúpidos y RETORCIDOS tejemanejes de MacKenzie me QUITARAN el buen humor!

Además, estaba demasiado desconcentrada. ¡Ya me imaginaba haciéndome selfies en PARÍS!...

YO, EN PARÍS

¡¡Va a ser el MEJOR verano de TODA mi vida!!
¡¡☺!!

**¡MADRE MÍA!** ¡Por fin he leído el correo ENTERO! ¡☹!

¡Y ahora SÍ que tengo un problema grande!

De hecho, lo de GRANDE no lo describe ni de lejos. Es...

# ¡DESCOMUNAL!

Mi problema es el siguiente...

¡¡HE GANADO EL VIAJE A PARÍS!! ¡¡☹!!

Lo sé. Debería ser una noticia muy BUENA.

Y yo debería estar bailando el baile de Snoopy encima de la cama, y no tirada, SUPERdeprimida, mirando la pared y COMPADECIÉNDOME.

He vuelto a leer por QUINTA vez el correo que me envió Madame Danielle.

DE: Madame Danielle

PARA: Nikki Maxwell

Asunto: Decisión sobre Viaje de Estudios Artístico Cultural a París

Querida Nikki:

¡Felicidades! Has sido escogida para participar en el Viaje de Estudios Artístico Cultural a París (Francia) patrocinado este año por la Academia Internacional North Hampton Hills.

En breve recibirás tu dossier de inscripción para el Viaje de Estudios a París. Mientras tanto, ten presente que, para reservarte una plaza en el programa, el Formulario de Autorización Paterna adjunto debe devolverse firmado antes del miércoles, 11 de junio.

Nos complace anunciar que ampliamos nuestro programa de diez a catorce días. Para facilitar este cambio, el viaje de este año tendrá lugar del 7 al 20 de julio. No dudes en exponerme cualquier duda o pregunta.

Cordialmente,
Madame Danielle

Quería creer que había leído mal las fechas del viaje.

Pero ¡no!

Mi viaje a París está programado para dos semanas de julio, ¡justo en mitad de mi gira con los BAD BOYZ!

# ¡NOOOOOOO! ¡¡☹!!

¡Esa era yo GRITANDO!

¡¡NO puedo creer que tenga que elegir entre las dos cosas, entre PARÍS y la GIRA de nuestra banda!! ¡☹! ¡Eso es prácticamente IMPOSIBLE!

¡Los quince días en París son una oportunidad única en la vida! ¡Mi oportunidad de estudiar arte en un museo tan famoso como el Louvre!

Pero ¡la gira con los Bad Boyz será también una experiencia alucinante para mis amigos y para mí! ¡Y seguro que dará más popularidad a la banda!

Tengo que hablarlo con Brandon, Chloe y Zoey,
ya que a ellos también los implica.

Pero estoy convencida de que me dirán que haga
lo que me diga el corazón.

Creo que apoyarán la decisión que tome, sea cual sea.

¡Tengo mucha SUERTE de tenerlos de amigos!

# ¡MADRE MÍA!

¡Esta va a ser la decisión más difícil de toda mi vida!

¡¡☹!!

¡Mi día con André ha sido un CIRCO total!

Cuando se lo he presentado a Chloe y Zoey esta
mañana casi pierden la cabeza.

"André, estas son mis BFF, Chloe García y Zoey
Franklin", he dicho.

"¡Hola, Chloe y Zoey, encantado de conoceros!",
ha dicho André mientras les daba la mano.
¡Las BFF de Nicole son mis BFF!".

"¡Hola, André!", ha dicho Chloe, pestañeando mucho
y muy deprisa, como si se le hubieran quedado
secas las lentillas o algo así.

"¡Encantada de conocerte, André!", ha dicho Zoey
sin apenas voz y entre risitas descontroladas.

Pero ¿qué les pasa a mis amigas? ¡¿POR QUÉ de
repente parecen bobas?!

"Bueno, André, ¿preparado para ir a nuestra primera clase?", le he preguntado.

"¡Yo también voy, si no os importa!", ha exclamado Chloe.

"¡Y yo!", ha chillado Zoey.

Entonces me he dado cuenta de que se había formado un corro de chicas, incluida MacKenzie, a nuestro alrededor. Todas miraban a André y ahogaban risitas.

MacKenzie ha saludado a André con la mano y una gran sonrisa. "¡Hola, me llamo MacKenzie Hollister! ¡Bienvenido al WCD! Si necesitas algo, como por ejemplo una amiga INTELIGENTE, mona y con estilo con la que salir, ¡no tienes más que DECÍRMELO!".

Bueno, al menos tenía razón en lo de mona y con estilo.

No podía creerlo cuando se ha puesto a enroscarse un mechón de pelo una y otra vez, en un intento de hipnotizarlo en secreto para que cumpliera sus PERVERSOS deseos (¡eso ya lo intentó con Brandon!)...

MACKENZIE, FLIRTEANDO CON ANDRÉ

Allá por donde pasábamos, las chicas se paraban, miraban, ahogaban risas y cuchicheaban.

Se podría decir que André ya era un chico MUY popular en mi insti.

¡A mí me daba MUCHA vergüenza!

Hasta me he disculpado con él por algunos comportamientos especialmente infantiles.

André ha sonreído y se ha encogido de hombros. "No pasa nada, Nicole, es normal. Hoy soy el nuevo. Pero mañana todo el mundo me IGNORARÁ como me ignoran en North Hampton Hills", ha bromeado.

Por desgracia, en bío ha habido un poco más de tensión.

En todas mis clases los profes han dejado que André se sentara a mi lado por ser alumno visitante.

Pero cuando Brandon ha visto a André sentarse en SU sitio, se ha quedado de pie mirándolo con una mirada que yo no le conocía...

BRANDON CONOCE A ANDRÉ

Brandon ha paseado la mirada de mí a André y de André a mí, como diciendo...

## ¡¡NIKKI, ¿QUIÉN ES ESTE TIPO Y QUÉ ESTÁ HACIENDO EN MI SITIO?!!

Al final la profe se ha aclarado la garganta y ha dicho: "Roberts, como André será nuestro invitado durante esta semana, ¿podría por favor buscarse otro sitio?".

"Er... ¡sí, claro!", ha contestado Brandon encogiéndose de hombros mientras se sentaba en el único asiento libre. "Hola, chaval, bienvenido al WCD", ha musitado.

Por alguna razón me daba lástima Brandon. Toda la escena había sido tirando a... ¡¡INCÓMODA!!

Entonces me he dado cuenta de que a Chloe y Zoey sí que les había mencionado que soy alumna embajadora de André, pero había olvidado por completo explicarle a Brandon por qué había anulado la cita de la mañana.

No me extraña que estuviera un poco confundido. Y especialmente MOSQUEADO...

MACKENZIE

BRANDON, BASTANTE MOSQUEADO
CON EL CAMBIO DE SITIO

No solo le había quitado SU sitio un tipo con uniforme de la NHH, sino que encima le había TOCADO sentarse junto a la cabeza de chorlito de MacKenzie.

¡Durante toda la semana!

He suspirado y me he mordido el labio.

¡¡GENIAL!! ¡¡☹!!

André lleva menos de un día en nuestro insti y no solo Chloe y Zoey se han convertido en charcos de baba y risitas, sino que Brandon se ha enfadado tanto que casi le he visto el humo saliéndole por las orejas.

¡Me huelo que va a ser una...

SEMANA

MUY

LARGA!

¡¡☹!!

André y yo nos llevamos muy bien, y ha encajado muy bien en el WCD.

¡La mayor parte del alumnado lo ADORA!

Y cuando digo "alumnado" me refiero a... ¡LAS CHICAS!

A algunos chicos no les está gustando nada que se le haga tanto caso a André.

"Pero ¡¿qué pasa con ese cursi del uniforme?!", oí ayer quejarse a algunos musculitos cuando vieron una docena de chicas haciendo cola para hacerse una selfie con André como si fuera un famoso o algo por el estilo.

A mí me parece claramente que esos chicos están rabiando de celos de André.

Al menos Brandon se lo está tomando con mucha elegancia.

Me dijo que no me preocupara por no poder ayudarle con la web de Fuzzy Friends, porque estaré SUPERocupada con mis deberes de alumna embajadora.

¡Brandon es tan MONO! ¡☺!

(Aunque es verdad que esta mañana me ha enviado un mensaje diciendo que está impaciente porque André se vuelva a "Hogwarts" para recuperar su sitio en bío.)

Espero que Brandon consiga tenerlo todo listo para su campaña anual de recaudación, porque necesitan todo el dinero que puedan recaudar para mantener abierto el refugio para animales.

¡Chloe y Zoey son mis BFF y las quiero muchísimo, pero están portándose de forma tan tonta e inmadura con André que me muero de VERGÜENZA!

De hecho, el CIRCO de selfies que se montó ayer fue culpa SUYA. Prácticamente le SUPLICARON a André hacerse una selfie y él aceptó por educación.

Y nos sacamos una los cuatro juntos...

ANDRÉ, HACIÉNDOSE UNA SELFIE CON
CHLOE, ZOEY Y CONMIGO

MacKenzie estuvo todo ese tiempo en su taquilla, como si mis BFF y yo no EXISTIÉRAMOS.

Y, claro, también le pidió a André una selfie.

Después llegaron dos chicas del club de teatro
y luego ¡TODO el equipo de animadoras!

Al cabo de un momento había una docena de chicas
haciendo cola para hacerse una selfie con André.

Pero ¡atención, que ahora viene lo FLIPANTE!...

TODAS me felicitaban por la BUENA PAREJA que
hacíamos André y yo.

Yo dije: "Er... ¡NO, QUÉ VA! Solo somos AMIGOS.
Nos veis juntos solo porque soy alumna embajadora
y es OBLIGATORIO".

Pero sonrieron como si les estuviera MINTIENDO
y empezaron a CUCHICHEAR entre ellas.

¿Qué estaba pasando? ¡Yo no entendía nada!

Por eso, para ahorrarnos un CIRCO como el de
ayer, he enviado a André un mensaje citándolo en la
biblioteca. Pensaba quedarnos allí un rato y luego ir
directamente a clase.

¡Menuda sorpresa me he llevado cuando se ha presentado con una bolsa de Dulces Cupcakes!...

ANDRÉ, TRAYÉNDOME DESAYUNO

Había comprado zumo de naranja y bollos de canela dobles con crema de queso. ¡Y lo mejor de todo es que aún estaban calientes!

Como me había saltado el desayuno para no llegar tarde a clase, la barriga me hacía más ruidos que la trituradora de un vertedero municipal.

# ¡MADRE MÍA! ¡Qué RICO!

"¿Y qué? ¿Tienes algún plan emocionante para el verano?", me ha preguntado André.

# ¡¡GENIAL!! ¡¡☹!! De lo último que me apetecía hablar era de mi agenda para el próximo verano. ¡Qué DESASTRE!

Supongo que se me ha escapado alguna expresión de angustia o algo así, porque, aunque me he encogido de hombros y he musitado: "No, la verdad", André ha dejado de comer y me ha mirado fijamente.

"¡¿No?! No te enviarán tus padres a uno de esos campamentos correccionales, ¿verdad?", ha bromeado.

No le he contestado. Me he limitado a darle un gran bocado a mi bollo de canela y a masticar intentando que no se notara lo incómoda que estaba. Ya le había contado DEMASIAAAADAS cosas de mi PATÉTICA vida en los correos electrónicos que le mandé.

Pero ¡si apenas lo CONOZCO!

"¡OJALÁ me mandaran de campamentos!", he dicho al final suspirando. "¡Al menos no me sentiría tan culpable por ser egoísta y cargarme por completo los planes de verano de mis BFF!".

"Nicole, a mí no me pareces el tipo de persona que hace daño a los amigos deliberadamente".

"Es que es MUY complicado, André, y tampoco tenemos mucho tiempo", he mascullado.

Ha mirado su reloj. "De hecho, tenemos dos minutos y quince segundos. ¡Yo de ti hablaría muy, pero que muy deprisa!", ha dicho sonriendo.

Así que, sin muchas ganas, ¡se lo he contado TODO!...

126

YO, ¡CONTÁNDOSELO TODO A ANDRÉ!

"¡De verdad, André! Para MÍ es un GRAN problema fallarles a mis amigos. ¡Los aprecio mucho!", le he explicado.

"¡A ver, a ver!", ha exclamado. "A ver si lo entiendo. ¡¿Te REGALAN un viaje de dos semanas a París con todos los gastos pagados para estudiar en el Louvre y te preocupa que tus amigos se ENFADEN contigo?! ¡¿En serio?! ¡Lo siento, Nicole, pero necesitas CAMBIAR de amigos!".

"Bueno, lo de que se enfadarán conmigo no es SEGURO. Pero yo sí que me enfadaré CONMIGO. ¡Estaré plantando a mis BFF y nuestra gira con los Bad Boyz, que llevamos MESES planeando! Para hacer ESO hace falta ser ¡¡muy MALA AMIGA!!", he refunfuñado.

"No te voy a engañar, Nicole. Me ENCANTARÍA que vinieras a París. No sabes lo bien que lo pasaríamos paseando juntos, enseñándote la ciudad. Pero entiendo que esa decisión solo la puedes tomar TÚ".

"¡MADRE MÍA! Estudiar arte en París sería un sueño hecho realidad. Todo el mundo se ALEGRÓ mucho por mí cuando lo comenté hace unas semanas. Supongo que tendré que sentarme a hablar con ellos para explicarles que las dos cosas se solapan. Y que, si voy

a París, NO podré acompañarlos de gira con los Bad
Boyz. ¡Espero no decepcionarles demasiado!".

En fin, después de debatirlo todo con André, he
decidido tomar la decisión más madura y responsable.

He enviado a Chloe, Zoey y Brandon un mensaje
citándolos al salir de clase en la biblioteca para
contarles una noticia muy importante.

André me ha dicho que no me preocupara, que todo
iba a salir bien. Estaba tan agradecida por su ayuda
y sus consejos que le he dicho que le daré uno de
los vales de regalo de Queasy Cheesy que me dio
mi padre.

¡Solo espero que tenga razón!

¡☺!

# ¡¡¡AAAAAAAAH!!! ¡¡☹!!

SÍ. Esa era yo, ¡¡GRITANDO!!

## ¿QUE POR QUÉ?

¡¡Porque tengo otra **CRISIS MONUMENTAL**!!

¡Sí, ya lo sé! ¡Es la SEGUNDA esta semana,
y estamos solo a miércoles!

Verás lo que ha pasado...

Chloe, Zoey y Brandon han llegado a la biblioteca
después de clase con muchas ganas de verme.

André y yo SOLO llevamos dos DÍAS asistiendo
juntos a clase, pero mis amigos actuaban como si
fueran dos SEMANAS.

"Nikki, ya sabemos que lo de hacer de alumna embajadora es obligatorio, pero ¡echamos mucho de menos tu compañía!", se ha lamentado Zoey.

"¡Lo mismo digo!", ha gruñido Chloe. "André es guapo y simpático, pero parece ¡como si hubiera SECUESTRADO a nuestra BFF!".

"¡Sí! Alguien tiene que decirle al chaval que esto es un instituto, ¡NO UNA GUARDERÍA!", se ha quejado Brandon. "A mí me parece, Nikki, que le gustas un poco".

"Pero ¿qué dices? NO es nada de eso", he protestado. "¡Va, chicos, sed AMABLES!".

Aunque, en el fondo, me ha sorprendido y me ha halagado que Brandon se mostrara un poquito celoso. ¡Quizá quería decir que SÍ que le gusto!

Por otro lado, nunca se me habría ocurrido que a un chico como André podría interesarle una chica simpática y pedorra como... ¡YO!

Quiero decir que podría salir perfectamente con una de esas guapitas famosas de Disney.

Tener UN chico interesado por mí ya sería mucho.

# Pero ¡¿DOS chicos?!

## ¡MADRE MÍA!

Eso parece sacado directamente de un cuento de hadas...

Había una vez una princesa llamada Nikki que estaba en su balcón contemplando su bello reino.

De pronto apareció el bello príncipe Brandon y dijo: "Princesa Nikki, ¿me concedéis el honor de ACOMPAÑARME a pasear por el campo?".

Pero, antes de que pudiera contestar, ¡apareció el bello príncipe André y dijo: "¿Princesa Nicole, me concedéis el honor de ACOMPAÑARME a pasear por el campo?!".

Y los dos se batieron en duelo a espada por ella...

¡BRANDON Y ANDRÉ, BATIÉNDOSE
EN DUELO A ESPADA POR MÍ!

Zoey ha interrumpido mi ensoñación. "Bueno, ¿cuál era esa noticia tan importante? ¡Me MUERO por saberla!".

"¡¿Es una SORPRESA?!", ha gritado Chloe. "¡Me ENCANTAN las sorpresas!".

"Bueno, es una cosa relacionada con nuestra gira con los Bad Boyz de este verano", he contestado con miedo.

"¡Yo estoy lista para ARRASAR!", ha gritado Zoey. "Mi familia se irá quince días de vacaciones a Hawái sin mí. Pero ¡consideré que nuestra gira era más importante!".

"¡¿De verdad?!", he dicho casi sin voz.

"¡Yo igual!", ha dicho Chloe. "POR FIN conseguí entradas para la Comic Con de San Diego. Pero ¡las he regalado porque esa semana estaremos de gira!".

"¡¿En SERIO?!", he dicho casi gimiendo.

"¡Pues yo lo mismo!", ha dicho Brandon. "Estaba en una lista de espera de un campamento de fotografía y la

semana pasada me enteré de que había entrado. Pero
¡he cedido mi plaza porque en julio estaremos de gira!".

"¡NO me digas eso!", he dicho casi llorando.

Mis tres amigos se han quedado mirándome impacientes
a la espera de mi noticia TAN importante.

Entonces me he sentido realmente... ¡CULPABLE!
Los tres habían sacrificado algo propio para poder
ir a la gira.

"Bueno, ¿a ver cómo os lo explico? Es DIFÍCIL dar
con las palabras adecuadas", he mascullado.

"¡Venga, Nikki! ¡Ya sabes que nos lo puedes contar
TODO!", ha dicho Zoey para animarme.

He respirado hondo y he cerrado los ojos.

"¡Muy bien! Chloe, Zoey y Brandon, soy consciente
de que llevamos MESES planeando esta gira con los
Bad Boyz. Pero el caso es que tengo que deciros que...
NO PUEDO...".

Pero mis BFF, eufóricos y maleducados a partes iguales, no me han dejado acabar...

MIS **SUPER**eufóricos BFF

¡Y luego se han puesto a dar vivas! ¡Y a gritar "YUJUUU"! ¡Y a chocarse los cinco!

Parecía que acabábamos de ganar algún gran campeonato o algo por el estilo.

Me parece que había habido un malentendido ENORME con lo de la gira con los Bad Boyz.

"Nikki, sabemos que nuestra gira es una gran responsabilidad para ti", ha dicho Zoey comprensiva.

"Pero ¡no olvides nunca que ESTAMOS en esto JUNTOS!", ha dicho Chloe agitando las palmas.

"¡Sí! ¡A POR TODAS!", ha exclamado Brandon.

¡Y los tres me han dado un gran abrazo!

Toda esa demostración de amor, apoyo y entusiasmo de mis amigos era TAN conmovedora que se me ha hecho un ENORME nudo en la garganta.

Sabía que tendría que decirles la VERDAD tarde o

temprano. Pero en ese momento me inclinaba mucho
más porque fuera...

# ¡TARDE! ¡☹!

Pero, por mucho que prefiriera esperar, sabía que tenía
que resolverlo ya. Y como parecía que lo de DECIRLES
la mala noticia iba a ser una misión imposible para mí, he
pensado que sería más fácil si se lo ENSEÑABA.

"Mirad, chicos, quiero que leáis un correo electrónico
que recibí el lunes. Así quedará todo mejor explicado",
he dicho.

He abierto mi buzón para buscar entre los correos
el que recibí sobre el viaje a París.

Pero en ese momento he visto un correo entrante de
una red social muy popular donde me notificaban que
un post en el que yo salía etiquetada había recibido
más de veinticinco comentarios y *likes*.

Se titulaba "¡Foto monísima de André y Nikki!". Lo he
abierto y me he quedado de piedra al ver la foto...

YO, FLIPANDO CON LA FOTO
PUBLICADA EN LA QUE SALÍA YO

Ahora entendía por qué todo el mundo RUMOREABA
ayer lo de que André y yo éramos pareja.

Alguien nos había hecho una fotografía juntos en el insti.

Pero había modificado el cartel que yo llevaba...

¡Nikki y André juntos en el WCD! ¡Qué MONOS!

\* \* \* \* \* \* \* \* \* \*

ChicaSelfie: ¡Tierno TIERNÍSIMO!

MissLabios: Dice que se conocieron cuando ella fue a la NHH. ¡¿AMOR a primera vista?!

Modélica: Encajan mucho. ¡Yo firmo por ellos!

AnimaDora: ¡PAREJA PERFECTA!

MissLabios: Desde luego, salir con él será un ascenso de categoría, comparado con las pedorras de sus BFF.

Divíssima: ¿Y ahora el pobre Brandon qué?

ChicaSelfie: Tendrá que superarlo.

Divíssima: ¡Ya me lo quedo yo! ¡☺!

\* \* \* \* \* \* \* \* \* \*

Pero ¡¿cómo se atrevían a hablar así de mis amigos?!

¡No he podido seguir leyendo los comentarios! Está claro que alguien ha colgado esta foto para que se arme algún DRAMÓN, porque el cartel DE VERDAD, el que yo llevaba, ponía: "¡¡Bienvenida al WCD, Andrea!!".

Y no ponía nada de "¡¡Te echaba de menos, André!!".

He suspirado frustrada y he abandonado la página.

Y justo entonces me he dado cuenta de que mis amigos SEGUÍAN esperando impacientes a que les enseñara el correo electrónico que les había dicho.

"¿Qué nos querías enseñar?", ha preguntado Zoey. "¿Es un correo de Trevor Chase?".

"¡MADRE MÍA! ¡Es un correo de los BAD BOYZ, ¿VERDAD?!", ha gritado histérica Chloe. "¡Si lo es, me voy a MORIR aquí mismo!".

# ¡GENIAL! ¡☹!

¡Hasta la idea de enseñar el correo había salido FATAL!

"Chicos, lo siento muchísimo, pero ¡ha salido una cosa y tengo que IRME! ¡Ahora! Lo hablamos en otro momento, ¿vale?", he dicho intentando mantener la calma.

"¡¿Pasa algo, Nikki?!", ha preguntado Brandon preocupado.

"Er... ¡NO! Es que he recibido un correo... de... mi, er... ¡MADRE! Y tengo que irme a casa a, er... cuidar de

Brianna. ¡Hasta luego, chicos!", he dicho mientras me dirigía deprisa hacia la puerta.

"¡¿EH?!", han exclamado Chloe y Zoey desconcertadas.

"¡Un momento! ¡Nikki, vuelve! ¿Estás segura de que...?". No he oído cómo acababa la pregunta de Brandon porque estaba prácticamente corriendo por el pasillo.

¡Tenía que salir de allí antes de romper a llorar!

Ahora mismo estoy escribiendo en mi diario para ver si se me ocurre cómo puedo arreglar este

# ¡DESASTRE!

Imagino que Chloe, Zoey y Brandon no habían visto aún la foto colgada en las redes.

Porque, si la hubieran visto, no imagino, no, SÉ perfectamente que me habrían pedido explicaciones.

Espero que, si Brandon se entera —que se enterará—, no se crea todos esos estúpidos rumores.

Si le llega el rumor de que André y yo somos pareja, creo que se sentirá un poco inseguro (¡y muy pringado!).

¡Yo ya me siento **FATAL** por él!

Y AHORA tengo que contarles a mis BFF lo del viaje a París y ENCIMA los chismes que circulan sobre ellas.

¡Oh, NO! ¡☹! ¡Daisy me ha robado el sándwich de mantequilla de cacahuete y me ha pringado DE ARRIBA ABAJO! ¡Tendré que cambiarme!

¡¡GENIAL!! ¡¡☹!! Y encima ahora llaman a la puerta.

¡MADRE MÍA! ¡No puedo creer quién ha venido!

Es...

¡¿BRANDON?!

¡¡☹!!

¡Tenía a Brandon en la puerta de mi casa! Mi
primera reacción ha sido...

# ¡¡NOOOOO!! ¡¡☹!!

Cuando lo he visto he pensado que había visto
la foto colgada y había venido corriendo a casa
a preguntarme por ella.

¡Ahora tenía la oportunidad ideal de comportarme
como una adulta madura y responsable y decirle a
Brandon la VERDAD sobre TODO!

Como:

André y yo SOLO somos amigos.

Ni siquiera hace setenta y dos horas que lo vi por
primera vez.

Pienso plantaros a ti, a mis BFF y a la gira nacional de los Bad Boyz para pasar quince días paseando con él por París.

Ignora las fotos que veas de André y yo juntos.

Y, sobre todo, no te creas los rumores.

Por desgracia, todo eso le sonaría a cualquiera como un montón de MENTIRAS...

# ¡Incluso a MÍ! ¡☹!
# ¡Y eso que yo SÉ la verdad!

¡¡¿Cómo iba a esperar que Brandon me creyera?!!

Lo más probable era que no.

Lo único que podía hacer era intentar convencerle.

He abierto la puerta, he cogido a Brandon por los hombros y le he mirado desesperada a los ojos.

"¡Mira, Brandon! ¡Sé por qué has venido y no te culpo por estar enfadado. Pero ¡André y yo SOLO somos amigos! ¡Nada más! ¡Tienes que creerme!".

Se ha quedado mirándome, un poco sorprendido y sin entender nada...

BRANDON, MIRÁNDOME
¡SIN ENTENDER NADA!

"Er... vale, Nikki. Creo que ya lo entiendo. ¿Quieres decir que André va ayudar con el adiestramiento de Daisy? Porque hoy tocaba enseñarle las órdenes de sienta y quieto".

"¡MADRE MÍA! ¡Hoy es miércoles y toca adiestramiento de Daisy! ¡HOY! Entonces ¿¿ha... ha... has venido por eso?!", he tartamudeado.

"Er... ¿te pillo en mal momento?", ha dicho Brandon.

"¡¿QUÉ?! Pues... ¡CLARO que no! ¡Me he liado, no sé!", he farfullado como una tonta. "Daisy está en el patio".

"Pero ¿todo eso de André que estabas diciendo?", ha preguntado Brandon.

"¡No me hagas caso! Voy a buscar bebidas. Te veo en el patio dentro de unos minutos, ¿vale?".

¡No podía creer que Brandon solo había venido para la segunda sesión de adiestramiento canino!

Y NO para pedirme cuentas por mi relación con André y para decirme lo PATÉTICA que soy como amiga.

¡Menudo ALIVIO!

En fin, ¿para qué ESTROPEAR una tarde que puedo estar con mi amor secreto?

Así que he decidido NO sacar el tema del viaje a París, la gira con los Bad Boyz ni los rumores en Internet.

Hasta...

# ¡OTRO MOMENTO!

Como hacía bastante calor, he preparado una jarra de limonada helada.

¿Qué mejor forma para Brandon y para mí de RELAJARNOS que una bebida fría y refrescante?

Estaba llevándole a Brandon la bandeja con las limonadas cuando he topado con una serie de catastróficas desdichas...

¡Gracias a Daisy, Brandon y yo hemos tenido una DUCHA de limonada bien fría y refrescante!

Aunque NO la hemos podido probar.

A diferencia de Daisy.

¡A quien le ha ENCANTADO!

Al final de la sesión de adiestramiento, he pensado que era el momento de dar por fin las malas noticias.

"Una cosa, Brandon... Te agradezco todo lo que has hecho por Daisy, pero te tengo que decir algo...".

"Nikki, ¡NO tienes que volver a darme las GRACIAS!", ha dicho Brandon sonriendo. Se ha apartado las greñas del flequillo y me ha sonreído tímidamente. "Me gusta mucho pasar tiempo contigo. De hecho, te quería preguntar si, er... ¿quieres ir a comer una pizza a Queasy Cheesy conmigo este fin de semana?".

"¡Claro, Brandon! Por supuesto. Será divertido", he contestado manteniendo la calma.

Aunque por dentro estaba eufórica bailando el baile de Snoopy...

# ¡¡YAJUUUUUU!! ¡¡☺!!

¡¡QUÉ... CONTENTA... ESTOY!!

## ¡BRANDON ME HA INVITADO A IR A QUEASY CHEESY CON ÉL!

El sábado por la mañana nos mensajearemos con el móvil para concretar cómo quedamos.

¡Sé que NO es una VERDADERA cita!

¡Puesto que NO somos una VERDADERA pareja!

# ¡TODAVÍA!

Pero...

# ¡¡AUN ASÍ!! ¡¡☺!!

Se parece mucho, MUCHO a lo que sería una cita SIN serlo.

Así que he preferido NO FASTIDIAR el momento hablando de otras cosas.

Oye, cuando la vida te da limones, ¡haz limonada!

Pero ¡intenta no DERRAMARLA sobre tu AMOR SECRETO!

¡Soy muy afortunada de tener un amigo como Brandon!

# ¡¡YAJUUUUUU!!

# ¡¡☺!!

¡El día de hoy ha sido un TORBELLINO de emociones gigantesco! ¡☹!

Hace cosa de una hora han colgado otra foto. Más chismes sobre André y yo...

¡¿Nikki y André se saltan clases para salir?!

\* \* \* \* \* \* \* \* \* \*

ChicaSelfie: ¡¿Eso no va contra las normas?!

MissLabios: ¡SOLO si te pillan! ¡☺!

Divíssima: ¡A lo mejor los castigan después de clase JUNTOS! ¡Qué romántico!

AnimaDora: ¿Adónde creéis que iban?

Modélica: Quizás a Dulces Cupcakes... ¡de París! ¡En el avión privado de su familia!

ChicaSelfie: ¡Yo QUIEROO!

MissLabios: Creo que el pobre André huía de esas BFF de Nikki tan chabacanas y pesadas, Chloe y Zoey.

\* \* \* \* \* \* \* \* \* \*

# ¡Me he puesto FURIOSA!

¡André y yo **NO** nos saltamos clases juntos!
Él salió antes porque tenía que ir al dentista.

Pero ¡¿quién estará colgando tanta **BASURA**?!

Mirando los nombres de usuario creo que es fácil adivinar.

MissLabios es probablemente MacKenzie y ChicaSelfie tiene que ser Tiffany, de la NHH.

No tengo ni idea de POR QUÉ me están haciendo esto.

Bueno, ¡¡sin contar lo de que las dos me ODIAN a MUERTE!!

¡Lo más HUMILLANTE es que casi todos los alumnos del WCD y de la NHH ya lo habrán leído y creerán que es CIERTO!

Se me acaba de ocurrir que este tipo de posts pueden ser considerados ciberacoso.

Y los dos centros, tanto el WCD como la NHH, tienen un reglamento muy estricto al respecto.

A veces en la vida hay que hacer lo que se debe, aunque sea difícil o impopular.

Lo que significa que tengo que REFLEXIONAR
SOBRE una cuestión muy COMPLEJA y DIFÍCIL:

# ¡¡¿POR QUÉ MI VIDA ES UN CUBO ENORME DE VÓMITO?!!

¡¡☹!!

## JUEVES, 29 DE MAYO, 7:00 H, MI HABITACIÓN

Me he levantado hace media hora, pero ¡SIGO sintiéndome completamente AGOTADA de tanta PREOCUPACIÓN y falta de SUEÑO! ¡☹!

Mi vida sería PERFECTA si pudiera acostarme tarde, mirar dibujos en la tele, zanganear, picar cosas buenas, sestear y SI ACASO ir al insti solo MEDIO día.

Sí, lo confieso. ¡OJALÁ volviera a ser de párvulos! ¡Mi vida era TAN sencilla entonces...!

He mirado el correo y no habían colgado nada más sobre André y sobre mí. ¡Menos mal!

He RECIBIDO el dossier de información del viaje a París. Dice que el vuelo dura siete horas y media, y eso es mucho.

Pero no será NADA comparado con el ESPANTOSO viaje de avión de noventa minutos que hice el verano pasado con Brianna cuando fuimos a Indiana a visitar a mi tía.

Empezó con una espera larguísima para pasar el control de seguridad del aeropuerto: primero haciendo una cola laberíntica y abarrotada, luego quitándonos los zapatos y finalmente entrando en esa cosa que parece una cápsula espacial.

Brianna se aburría un montón y estaba metiéndose un trozo de chicle por la nariz (¡de VERDAD!) cuando de pronto se puso a señalar algo y a gritar: "¡¡OH!!, ¡MIRA QUÉ PERRITO!".

Y es que había un guardia de seguridad con un pastor alemán olfateando en busca de drogas, bombas, neceseres peligrosos... o vete a saber lo que estos perros están entrenados para olfatear.

"Brianna, ese perro está trabajando", le explicó mi padre. "No le molestes, cariño".

Pero, pese a la advertencia de mi padre, Brianna pasó corriendo por DEBAJO del cordón, corrió hacia el perro, lo rodeó con los brazos y lo abrazó muy fuerte.

Mi madre ahogó un grito y salió frenética tras ella.

Por suerte, el perro solo la olfateó y la lamió...

El guarda, con cara de malas pulgas, regañó a Brianna: "¡APÁRTESE del perro, señorita!".

Brianna puso los ojos como platos, mis padres se quedaron paralizados y yo la fui a coger de la mano.

"¡Discúlpela, señor! ¡Es muy pequeña!", dije.

Pero el guarda nos fulminó con la mirada y gritó. "¡LAS DOS! ¡APÁRTENSE DEL PERRO!".

Brianna y yo volvimos corriendo a nuestro sitio en la cola mientras el perro movía contento la suya.

Un poco más y la mimada de mi hermanita hace que nos detengan por lanzar un ataque-abrazo a un perro de seguridad, y eso que aún no habíamos subido al avión.

Por desgracia, a partir de ahí todo fue a peor.

Como habíamos salido de casa a las seis de la mañana, yo esperaba que Brianna se durmiera en el avión. Pero ¡me equivocaba, y mucho!

Llevaba encima tal sobredosis de azúcar por culpa del carísimo desayuno de aeropuerto a base de dónuts y chocolate caliente que parecía que no iba a dormir en toda una semana. (¡Gracias, MAMÁ! ¡☹!)

Para empeorar las cosas, era la primera vez que Brianna viajaba en avión.

Y, por desgracia, no teníamos cuatro asientos seguidos, porque las filas eran solo de tres.

Mis padres se sentaron juntos y a mí me tocó sentarme con Brianna varias filas detrás.

Brianna se pidió la ventana y yo acabé atrapada entre ella y un hombre de negocios que no paró de darme codazos mientras escribía en su portátil.

"¿Por qué no volamos?", preguntó a los dos segundos de sentarse.

"Brianna, aún hay gente subiendo al avión", le expliqué. "Pero enseguida saldremos, ya verás".

"¿Y ahora? ¿Salimos ya? ¡¡Yo quiero volaaaaaar!!", protestó.

En ese momento, don Portátil ya había empezado a asesinarnos CON LA MIRADA.

Perdón, pero ¡yo también quería que Brianna se callara! ¡¿Por qué me miraba MAL también a MÍ?!

Cuando por fin estaba todo el mundo sentado, la azafata empezó sus explicaciones sobre lo que había que hacer si el avión se CAÍA al MAR.

¡¿Para qué mentir?! A mí esas explicaciones siempre me ponen un poco nerviosa. Por eso me parecía normal que Brianna se asustara un poco.

Pero ¡mi hermanita llevó lo de ASUSTARSE a un nivel estratosférico!

"¿Llevo bien puesto el cinturón? ¡Nikki, júrame que me pondrás la mascarilla a mí primero! ¡¿Aterrizar en el AGUA?! ¡¡¿DÓNDE ESTÁ MI CHALECO SALVAVIDAS?!!", gritó Brianna presa de pánico.

Luego TREPÓ por su asiento, bajó por detrás y se metió por debajo, aunque el avión ya había empezado a deslizarse por la pista.

# ¡MADRE MÍA! Casi me da un infarto cuando vi a Brianna sacar el chaleco salvavidas de debajo del asiento.

"¡Oye! ¡Eso está prohibido!", resopló don Portátil levantando la vista del ordenador.

"¡Sí, claro, también está prohibido tener el portátil encendido durante el despegue!", repliqué.

Pero solo lo dije en el interior de mi cabeza y nadie más lo oyó.

Recoloqué a Brianna en su asiento y cogí el cinturón.

A ver... ¿¿Has intentado alguna vez colocar un cinturón de seguridad a una niña que DA PATADAS, GRITA y tiene una RABIETA llevando puesto un CHALECO SALVAVIDAS y a bordo de un AVIÓN?!...

¡BRIANNA, PILLANDO UN BERRINCHE
MONUMENTAL EN EL AVIÓN!

¡¡Pues YO sí que lo he intentado!!

Y es bastante... ¡IMPOSIBLE!

"Brianna, ¡quítate el CHALECO ahora mismo!",
le susurré. "¡Y vuelve a ponerte el cinturón!".

"Pero ¡esa señora ha dicho que íbamos a
**ATERRIZAR EN EL AGUAAAAA!**", gritó.

"Estamos yendo de Nueva York a Indiana.
¡No aterrizaremos en el agua porque *NO* pasamos
sobre el mar!", dije intentando razonar con ella.

"¡Eso no lo sabes SEGURO!", gimió.

"¡SÍ que lo sé!".

"¡¿Y qué pasa con los lagos?! ¡¿Y los ríos?!
Y... Y... ¡¿Y las PISCINAS?!", gritó.

Vale, algo de razón sí que podía tener, pero, aun así...

Pensé: "¡LO SIENTO, BRIANNA!".

"¡CAER en una PISCINA es mil veces mejor que
*UN MINUTO MÁS* atrapada junto a TI en este
AVIÓN!".

"Mira, Brianna, si te calmas, te dejaré jugar a *Hada de Azúcar: aventuras en la isla del Bebé Unicornio* en mi móvil, ¡¿vale?!".

Pero no me contestó porque el avión despegó justo entonces. Y el momento en el que nos elevamos se pareció un montón a cuando la montaña rusa sube hasta arriba de todo.

¡Y Brianna empezó a CHILLAR! ¡A pleno pulmón!

"¡¿Puedes decirle POR FAVOR que se calle?!", gruñó don Portátil.

"Lo siento", farfullé. "¡Brianna, escucha! ¡Mírame! ¡No pasa nada! ¿No querías volar? ¡Pues estamos volando! Como... ¡como las hadas! Como... ¡los unicornios!".

"Los unicornios no VUELAN", murmuró una mujer sentada detrás. ¡Menuda AYUDA! ¡GRACIAS, señora!

(Y yo ya SÉ que los unicornios no vuelan, pero era una situación MUY estresante, ¿vale?)

"Disculpa, ¿está bien?", dijo una azafata apoyando la mano sobre el respaldo del asiento de don Portátil.

Me parece que aún no tenía permiso para levantarse, pero era difícil ignorar los chillidos de Brianna.

"¡NO mucho!", suspiré.

"Eso que lleva... ¿es su CHALECO SALVAVIDAS?!", preguntó la azafata incrédula.

¡¡Pues VAYA!!... ¡No iba a ser su vestido de FIESTA!

"¡Señorita, quiero cambiar de asiento!", gruñó don Portátil.

"Brianna, cariño, ¿por qué gritas?", preguntó mi madre, de pie desde su fila de asientos.

"¡Señora, siéntese, POR FAVOR! ¡AHORA!", le gritó la azafata.

"¡ES MI HIJA!", replicó mi madre.

De pronto Brianna dejó de gritar y señaló por la ventana. "¡Hala! ¡¿Nubes de algodón de azúcar?!".

Después de aquello, don Portátil se cambió el asiento con mi madre, y Brianna no volvió a CHILLAR hasta que el avión atravesó varias turbulencias...

Y cuando alguien tiró de la cadena del váter del avión.

Y cuando la azafata le ofreció zumo de manzana porque la compañía no servía ponche del Hada de Azúcar.

Y cuando estábamos aterrizando.

Y cuando tardamos diez minutos en bajar del avión.

Y en el aeropuerto cuando papá no la dejó MONTARSE en la cinta transportadora de equipaje.

NO podía creerme en qué momento decidió POR FIN Brianna caer profundamente dormida: fue en el coche de alquiler, ¡cuando ya estábamos entrando en el jardín de mi tía!

"¡Oh, duerme como un ÁNGEL!", dijo tan contenta mi tía, mirándola a través de la ventanilla.

Y, aunque Brianna se había portado como un demonio de Tasmania con zapatillas de Barbie rosas, ¡mi madre le dio la RAZÓN a mi tía!

¡Y ahí ya no pude CONTENERME!

"¡¿AH, SÍ?! Pues si Brianna es un ÁNGEL, ¡entonces podrá volver VOLANDO solita! ¡Porque, lo que es yo, NO pienso sentarme a su LADO en el vuelo de vuelta!".

Pero solo lo dije en el interior de mi cabeza y nadie más lo oyó.

¡Oye, que yo QUIERO mucho a mi hermanita!

Pero a veces no puedo evitar preguntarme cómo sería lo de ser hija ÚNICA.

Bueno, pues al final he decidido que a Brandon le contaré lo del viaje a París este fin de semana cuando vayamos a Queasy Cheesy.

Luego podríamos reunirnos los dos con Chloe y Zoey en Dulces Cupcakes y contárselo todo.

También he decidido no preocuparme por ahora por esas estúpidas fotos.

Mañana es el último día de André en el WCD,
y luego volverá a la NHH.

Así que después ya será imposible que alguien cuelgue
más fotos, porque ya no nos veremos.

Me temo que esos HATERS tendrán que dedicarse
a otra cosa.

¡Menos mal que el follón de las fotos habrá terminado
dentro de DOS DÍAS!

Solo espero que mis BFF no lo vean antes.

¡¡Cruzo los dedos!!

Ya me siento como si me hubieran quitado un enorme
peso de encima.

¡¡☺!!

¡Hoy ya no SALVO el día! ¡☹!

Resulta que hace dos horas han colgado otra foto...

¡Nikki y André se acurrucan
para sacarse selfies supertiernas!

\* \* \* \* \* \* \* \* \* \*

ChicaSelfie: ¡Oooh! ¡No me digáis que no hacen
una pareja superfotogénica!

MissLabios: Nikki SIGUE negando que estén juntos.
Ay, Nikki, ¡que te vemos!

ChicaSelfie: ¡Claro! ¡No engaña a nadie!
¡Hay que ver lo FALSA que es!

Modélica: Sigo sin poder creer que dejara a Brandon
por este engreído. ¡Brandon forever!

Divíssima: ¡Sí, Brandon forever and ever! ¿Qué tiene
André que no tenga él?

MissLabios: ¡Fácil! ¡Es francés, es refinado y tiene
montones de DINERO! Y Brandon lo único que tiene es
una sonrisa mona y una vieja cámara de fotos. ¡Y nunca
entenderé por qué le GUSTA estar con perros
callejeros! Y me refiero a los de cuatro patas,
no a Chloe, Zoey y Nikki.

ChicaSelfie: ¡¡LOL!! ¡Cómo te PASAS!

\* \* \* \* \* \* \* \* \* \*

Ahí he tenido que dejar de leer. ¡¡Esos comentarios
eran CRUELES!!

He contenido las lágrimas con un suspiro.

177

Luego he mirado detenidamente la foto para ver si recordaba en qué momento André y yo nos hicimos selfies juntos.

Por la ropa que llevaba yo, esa foto se había tomado el martes.

¡Entonces me he acordado de que el martes nos hicimos una selfie juntos Chloe, Zoey, André y yo!

Pero al parecer habían retocado la foto eliminando por completo a Chloe y a Zoey.

Estaba claro que alguien quería que pareciera que André y yo nos hacemos selfies juntos porque estamos muy enamorados.

## ¡¡Y eso es una MENTIRA como una CASA!!

¡Estaba TAN...

# ... FURIOSA! ¡☹!

Pero ni la mitad de lo FURIOSA que me he puesto
con la foto que han colgado hace solo diez minutos...

¡Nikki y André comparten un bollo!

\* \* \* \* \* \* \* \* \* \* \*

ChicaSelfie: ¡OH, CIELOS!

¡Qué románticooo!

Divíssima: Bueno, está claro que van en serio.

Modélica: ¡Nikki! ¿Cómo has podido...?

MissLabios: Ya veréis cuando Brandon se

entere. Estoy impaciente por ver el tortazo

que se va a pegar Nikki con sus líos amorosos.

¡ME ENCANTA!

ChicaSelfie: ¡A mí también! ¡Se está poniendo

muy interesante! ¡Voy a por las palomitas!

MissLabios: ¡Pues yo tengo chuches y las gafas

3D preparadas! ¡LOL!

AnimaDora: Er... os veo un poquito demasiado

entusiasmadas a las dos.

Divíssima: ¡No sé, pero me comería ahora mismo

un bollo de canela con crema de queso!

Modélica: ¡Yo también! Quedamos en Dulces

Cupcakes después de clase.

\* \* \* \* \* \* \* \* \* \* \*

He dejado de leer y he metido corriendo el móvil en
el bolso.

Quería...

# ¡¡GRITAAAAAAR!! ¡¡☹!!

¡André y yo comimos CADA UNO un bollo de canela!

Pero ¡daba la casualidad de que en la foto solo salía UNO!

# ¡EL MÍO! ¡¡☹!!

¡PARA NADA estuvimos sentados en la biblioteca como dos novios compartiendo un trozo del pastel de boda!

Pero ¡si apenas lo CONOZCO!

Para empeorarlo todo, me ha parecido que todo el instituto estaba HABLANDO de mí.

Bueno, todo no sé, pero la tribu de los GPS (Guapos, Populares y Simpáticos) seguro que sí.

MacKenzie y sus amigas estaban cuchicheando sobre mí cuando he ido a la taquilla.

Siento tantas NÁUSEAS que podría vomitar sobre las exclusivas y monísimas sandalias doradas de plataforma que lleva MacKenzie.

Si no tuviera tanto MIEDO de que Brandon vea las fotos, piense mal, se sienta herido y no vuelva a hablarme NUNCA más, iiría corriendo a secretaría y llamaría a mi madre para que me llevara a CASA!

Pero, en lugar de eso, iiré directamente a BIO para ADVERTIR a Brandon sobre las fotos!

iAntes de que sea demasiado tarde!

i☹!

## JUEVES, 15:30 H,
## EL ALMACÉN DEL CONSERJE

Estoy metida en el almacén del conserje, escribiendo esto y conteniendo un ¡BERRINCHE MONUMENTAL!

## ¡MADRE MÍA! MacKenzie Hollister es...

# ¡PERVERSA! ¡☹!

## ¡¡¿Que hasta qué punto es PERVERSA?!!

Es TAN perversa que, si yo estuviera grave en el HOSPITAL, ¡me DESCONECTARÍA para enchufar su cargador de MÓVIL!

Antes, cuando he acabado de escribir, he cogido los libros, he pasado a buscar a André por su taquilla (¡entra en mis obligaciones!) y hemos corrido hacia bío.

Pero, por desgracia y por cuestión de segundos, he llegado DEMASIADO TARDE...

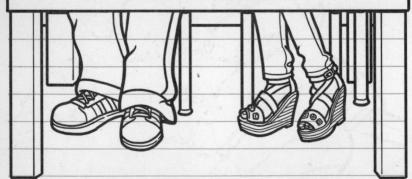

¡MACKENZIE, ENSEÑÁNDOLE A BRANDON LAS FOTOS DONDE SALGO CON ANDRÉ!

Me he quedado allí plantada y ATERRORIZADA mientras Brandon iba pasando las fotos. ¡Estaba sorprendido, estupefacto y dolido! Todo a la vez...

¡BRANDON, MIRANDO LAS FOTOS!

En ese momento, yo solo quería cavar un agujero muy profundo junto a mi mesa para meterme dentro y ¡¡MORIRME!!

Cuando ha empezado la clase, prácticamente podía notar la mirada de Brandon clavada en mi cogote.

Pero cada vez que me daba la vuelta para mirarlo, él fingía estar concentrado en el libro de bío.

Por supuesto, MacKenzie lo presenciaba todo sentada a su lado con una ESTÚPIDA sonrisa de suficiencia.

Estaba ENCANTADA consigo misma básicamente por haber DESTRUIDO mi amistad con Brandon.

Estaba a punto de ir hacia ella y decirle: "¡Felicidades, MacKenzie!", ¡y chocarle los cinco!

En toda la CARA. ¡Con una SILLA!

¡Es broma! ¡☺!

## ¡NO! ¡☹!

¡En serio! Esa chica tiene suerte de que yo sea una persona tan pacífica y no violenta.

Me he limitado a ignorarla cuando se ha puesto a FULMINARME CON LA MIRADA...

MACKENZIE, FULMINÁNDOME
CON LA MIRADA

¡Las hay que tienen CARA!

En cuanto ha acabado la clase, Brandon ha cogido la mochila, ha pasado de largo y ha salido corriendo del aula.

Casi todos habían oído los últimos chismes y nos estaban MIRANDO.

"¡Brandon, espera! ¡Tengo que hablar contigo!", he dicho siguiéndolo hasta el pasillo. "En privado. ¿Quedamos en tu taquilla después de clase?".

"Pues, la verdad, Nikki, es que después de clase tengo que trabajar con unos voluntarios en la web de Fuzzy Friends. Llevo toda la semana acostándome tarde y aún no he llegado ni a la mitad. Y se me acumulan los deberes", ha dicho mirando el suelo.

La verdad es que se le veía agotado.

No me había dado cuenta de sus ojeras hasta ese momento.

"¿Y mañana cómo lo tienes?", he preguntado.

"Mañana vendré una hora antes al insti, pero estaré ocupado en la biblioteca, intentando acabar todos los deberes que tenía para AYER y para HOY", se ha lamentado.

"¿Y no me puedes conceder ni siquiera un par de minutos?", casi le he suplicado. "Si tienes tiempo, claro...".

"Pero ¿y tú? ¿Tienes tiempo TÚ?", ha dicho Brandon levantando por fin la mirada. "¡Se ve que has estado muy ocupada últimamente con tu NUEVO proyecto del insti!".

"¿Proyecto del insti? ¿QUÉ proyecto del insti?", he preguntado confundida.

De pronto Brandon ha entornado los ojos y ha mirado detrás de mí.

"Toma, Nicole", ha dicho André tendiéndome la mochila. "Será mejor que nos vayamos o llegaremos tarde. Oh... hola, Brandon".

"¡¿NICOLE?! ¿Quién es... Nicole?", ha preguntado Brandon llevando la mirada de mí a André y de André a mí. "Es igual. Tengo que irme. Hasta luego".

Ha suspirado, ha hundido las manos en los bolsillos, se ha dado la vuelta y se ha ido.

"¿Le pasa ALGO?", ha preguntado André encogiéndose de hombros. "¡Cualquiera diría que se le ha MUERTO su BFF!".

"¡Pues el caso es que SÍ!", he dicho suspirando y conteniendo las lágrimas mientras veía como Brandon desaparecía por el pasillo.

**¡MADRE MÍA!** La escena de ayer en BÍO fue...

# ¡ESPANTOSA!

No sabía que Brandon estaba tan agobiado.

Ha dedicado tanto tiempo a la web de Fuzzy Friends que se ha ido atrasando con los deberes y ahora tiene problemas en el insti.

Y, por si eso fuera POCO para ir agotado, ENCIMA viene a MI casa DOS veces por semana para adiestrar a Daisy.

No me extraña, sinceramente, que Brandon tenga dudas sobre NUESTRA amistad, teniendo en cuenta el mucho tiempo que he pasado con André.

Esas fotos de André y yo juntos le habrán sentado como una BOFETADA en toda la cara, pobre.

¡Y ahora no me lo puedo sacar de la cabeza! Se le veía tan TRISTE sentado allí solo...

BRANDON, EN EL INSTI

Desde luego, quien ha colgado las fotos quiere hacerle daño a él y ADEMÁS estropear nuestra amistad.

Pero debo confesar que yo TAMBIÉN soy responsable. Estaba TAN metida en mi mundo, obsesionada con mis problemas personales, que básicamente he ignorado a Brandon.

Me sentía FATAL por haberle fallado así a mi amigo. ¡☹! Lo único que podía hacer era compensarle algún día de alguna forma.

Brandon me había pedido que dibujara algunos de los últimos cachorros que habían entrado en Fuzzy Friends, pero me despisté con mis obligaciones de alumna embajadora.

Total, que anoche, cuando ya tenía todos los deberes hechos, ¡me puse a dibujar cachorritos durante HORAS! ¡No acabé hasta pasada la medianoche!

Como soy consciente de que ahora mismo soy la ÚLTIMA persona con la que Brandon quiere hablar, decidí escribirle una breve carta.

Mi idea es dársela junto con los dibujos de los perritos cuando lo vea hoy en el insti...

¡Hola!

Ya me dirás qué te parecen las cuatro imágenes. Yo creo que llamarán MUCHO la atención en Internet, ya verás.

Por cierto, ¿podemos quedar para hablar? Es sobre algo bastante importante. Bueno, ¡MUY importante! Tan importante que llevo una semana intentando contártelo, pero no he podido.

No encontraba el momento porque los dos hemos estado muy ocupados. ¿Qué te parece el sábado? ¿Te va bien quedar a la una en Queasy Cheesy? Mándame un mensaje. Después de la semana tan estresante que hemos tenido, ¡molará comer y pasar un rato relajada contigo!

Nikki

He doblado la carta y la he metido en un sobre en el que he escrito el nombre de Brandon.

¡Cuesta creer que hoy es el último día de André en el WCD! Al final, la semana ha pasado muy deprisa. Pese al MELODRAMA que ha provocado su visita, me cae muy bien y lo considero un nuevo amigo.

Pero, como desgraciadamente tengo más dudas que nunca para elegir entre la gira con los Bad Boyz y el viaje a París, he decidido escribirle una carta a André...

---

¡Hola!

Parece mentira lo deprisa que ha pasado la semana. Pero ¡al final has vivido para contarlo! ¡☺!

Ahora viene lo difícil... quería decirte que sigo pensando en lo que hablamos. Y, para serte sincera, aún no sé qué siento.

¡Tener que elegir entre dos opciones que me importan tanto es MUY duro! La mitad de mí quiere quedarse con lo que ya conozco y me hace feliz. La otra mitad quiere algo nuevo, arriesgado y emocionante.

¡Estoy tan INDECISA! Quizá tengo miedo de decepcionar a los demás. O quizá lo que me da miedo es comprometerme. Voy a necesitar más tiempo para ver las cosas claras.

¡Espero que lo entiendas! Cuando tome la decisión final, te lo haré saber. Y, decida lo que decida, me gustaría que siguiéramos siendo amigos, ¡si a ti te parece bien! Espero que sigamos viéndonos.

Nikki

P.D.: Aquí tienes el vale regalo para una pizza de Queasy Cheesy GRATIS. ¡DISFRÚTALA! ¡☺!

He metido la carta en otro sobre en el que he escrito el nombre de André. Luego he colocado los dos sobres y los dibujos en una carpeta y lo he metido todo en mi mochila.

Siento que POR FIN vuelvo a tomar las riendas de mi vida. ¡Lo bueno es que el lunes mi horario volverá a ser el de siempre y recuperaré las dos clases y la hora del almuerzo con Chloe y Zoey! ¡YAJUUUU! ¡☺!

¡Verás cuando sepan cómo se ha PASADO MacKenzie conmigo esta semana! ¡Qué ganas de contárselo!

Pero, sobre todo, voy a NECESITAR que mis BFF me ayuden a arreglar las cosas con Brandon. ¡¡☺!!

Esta mañana he llegado al insti quince minutos antes, como había planeado.

La idea era que así me daría tiempo de encontrar a Brandon y darle los dibujos y la carta.

Era el primer paso para reconstruir nuestra amistad.

Ayer me dijo que estaría en la biblioteca para ponerse al día con los deberes, así que mi plan tenía que empezar aquí.

Como en la calle hacía calor y un poco de viento, he entrado antes en el cuarto de baño de chicas para retocarme el peinado y comprobar que no tenía restos de comida entre los dientes.

Pero lo que he visto nada más entrar me ha revuelto tanto el estómago que creía que iba sacar el bagel con taco que había desayunado...

¡¿QUE POR QUÉ?! Porque MacKenzie estaba ante el espejo poniéndose nueve capas de brillo de labios...

YO, ENCONTRÁNDOME CON MACKENZIE
EN EL CUARTO DE BAÑO DE CHICAS

¡No tenía pruebas, pero estaba CONVENCIDA de que era ella la que había intentado destruir mi amistad con Brandon colgando fotos retocadas y asegurándose luego de que las viera!

Me he quedado ahí de pie, mirándola.

"¡Hola, Nikki! ¡Cómo me han GUSTADO tus fotos! Pasa, pasa al espejo. ¡Si vas a tener DOS CARAS, al menos pon UNA de ellas guapa!".

"Sé que has sido tú quien las ha colgado. ¡Confiésalo, MacKenzie!", he contestado.

"¿Y qué si así fuera? Deberías agradecérmelo. ¡Ahora eres un poquito más popular en este insti que las manchas de la taza del váter! ¡Felicidades, cariño!".

"MacKenzie, ¡el CIBERACOSO no está BIEN! Me gustaría poder EXPLICARTE ese concepto de alguna manera que pudieras entender, pero ¡no tengo PELUCHES ni PEGATINAS de COLORES a mano!".

MacKenzie se ha girado y me ha fulminado con la mirada.

"¡Nikki, no te AGUANTO más! Todo te lo ponen en bandeja cuando no te mereces nada. ¡Debería ser yo la que va a la gira con los Bad Boyz! ¡Y en cuanto plantes a tus amiguitos para irte a pasear con André por París, me pillaré el puesto de CANTANTE para MÍ! La verdad es que no entiendo qué ven en ti André y Brandon. ¡Deberían estar obsesionados CONMIGO! ¡Supongo que te ven irresistiblemente ADORABLE y BOBA como un perrito!".

"A ver, a ver... ¡¿Estás haciendo todo esto solo para ir de gira?! ¿No ves que haces DAÑO a otra gente? ¡¿A mis AMIGOS, por ejemplo?!", he exclamado.

"Perdona, Nikki, ¡creo que me confundes con otra! ¡Con otra a la que eso le IMPORTE! Por cierto, ¿este pequeño MELODRAMA de lavabo tuyo tiene intermedio? ¡Porque necesito hacer pipí!".

¡Era como si MacKenzie NO hubiera oído ni una sola de mis palabras! ¡No tiene REMEDIO!

"Oye, Nikki, ¿me haces un favor? ¿Te puedes meter en un váter hasta que me vaya? ¡Es que ese vestido

200

tan feo que llevas le va fatal a mi brillo de labios
y me está dando un ataque de MIGRAÑA!".

No vale la pena perder el tiempo y las energías
intentando RAZONAR con tanta IDIOTEZ junta,
así que me he dado la vuelta y me he ido.

Era MUCHO más importante buscar a Brandon
para darle los dibujos.

Pero, cuando ya estaba en la puerta de la biblioteca,
me he dado cuenta de que no llevaba la mochila.

# ¡¡GENIAL!! ¡¡☹!!

## ¡¡La había dejado en el CUARTO DE BAÑO!!

## Con... ¡¡MACKENZIE HOLLISTER!! ¡¡☹!!

He vuelto corriendo al cuarto de baño. ¡Estaba
SEGURA de que no volvería a ver la mochila!

Pero al parecer MacKenzie no la había visto debajo
del lavabo, porque SEGUÍA allí en el suelo...

## ¡¡ENCUENTRO MI MOCHILA!!

El monedero, el teléfono y el libro seguían dentro.

Los dibujos estaban en la carpeta y, cuando
he mirado dentro de los sobres, mis cartas
seguían ahí.

# ¡¡BUF!! ¡¡☺!!

He vuelto a salir corriendo hacia la biblioteca.

Cuando he visto a Brandon sentado a una de las mesas del fondo, reclinado sobre un cuaderno, el corazón me ha dado un brinco, literalmente.

"Hola, Brandon, ¿qué tal?", he dicho como si nada. "¡Te he traído una sorpresa! Para la web de Fuzzy Friends".

No me ha contestado y ni siquiera me ha mirado. A lo peor estaba más enfadado de lo que yo creía.

Me he quedado paralizada, sin saber qué hacer.

"Er, Brandon, ¿estás bien?".

Y entonces me he dado cuenta de que estaba aún más agotado que ayer. El pobre debería haberse quedado en casa en vez de venir a clase.

No me he atrevido a despertarlo. Me he acercado de puntillas y le he dejado los dibujos de los perritos y mi carta sobre la mesa, junto a su cuaderno...

UN BRANDON AGOTADO,
¡DURMIENDO EN LA BIBLIOTECA!

La verdad es que me ha dado un poco de pena por él.

Se tomaba TAN en serio Fuzzy Friends y los animales en general (como la LOCA de mi perrita Daisy) que había superado el límite de sus fuerzas.

Me hubiera gustado despertarlo, agradecerle todo lo que hace y darle un gran ABRAZO. Pero no lo he hecho. Me he limitado a quedarme ahí mirándolo.

De pronto he visto claramente cómo quería pasar el verano.

André es un tipo inteligente, guapo y encantador. Y París es una de las ciudades más interesantes del mundo.

Pero prefiero pasar el verano saliendo con el buenazo y pedorro de Brandon, mi AMOR SECRETO.

Me muero de ganas de decírselo.

¡¡☺!!

Bueno, creo que la entrada de hoy en el diario va a ser ¡la MÁS LARGA que he escrito en mi VIDA!

Para empezar, yo hoy ni siquiera sabía seguro si Brandon iba a aparecer o no por Queasy Cheesy.

En mi carta le dije que me enviara un mensaje para confirmar si le iba bien quedar el sábado a la una, pero no me contestó.

Empezaba a preocuparme por si seguía ENFADADO conmigo. Claro que tampoco me habría extrañado.

Si me hubiera tratado a MÍ MISMA de la forma en que había tratado a Brandon, ¡yo me habría ELIMINADO de mi FACEBOOK!

He llegado un cuarto de hora antes a Queasy Cheesy y estaba hecha un manojo de nervios. Pero enseguida ha dado la una. Y ha pasado de la una. De largo.

Y entonces lo he visto MUY claro.

¡¡MI AMOR SECRETO ME HABÍA PLANTADO!!...

¡AAAAAAAAAAH!

YO, ¡CON UN GRAVE ATAQUE DE AMORITIS!

# ¡MADRE MÍA! ¡Había pasado lo que más TEMÍA!

Estaba sufriendo un grave empeoramiento de mi AMORITIS, ¡tal y como Chloe y Zoey me habían ADVERTIDO!

No he podido contenerme y me he pillado un berrinche monumental allí mismo, en la mesa. Con todo el restaurante mirando.

Al final se ha acercado mi camarera y me ha dirigido una sonrisa comprensiva. "Cariño, llevas un buen rato esperando. ¿Quieres pedir ya?".

"Er... Creo que esperaré un poco más", he farfullado.

"Bueno, como quieras, cariño. Pero te digo una cosa: NO creo que tu AMIGO venga. Me temo que pierdes el tiempo", ha dicho. Y se ha ido.

¡NO podía creer lo que me acababa de decir la camarera! ¡¡Será MALEDUCADA!! ¡¡☹!!

¿Por qué metía sus narices en mis asuntos? ¡Si yo a esa señora no la había visto en mi vida!

He pensado en serio poner una reclamación a la dirección.

Pero luego me he acordado de los vales de regalo de Queasy Cheesy que me dio mi padre.

Si montaba una bronca por lo de la camarera, podría afectar a las relaciones comerciales de mi padre.

Cuando, perdida toda esperanza, estaba mirando la carta de comida para llevar, he oído una voz familiar...

# "¡PERDONA! ¡LLEGO TARDE! ¡ESPERO QUE NO LLEVES DEMASIADO ESPERANDO!".

"¡Qué bien! Al final no saldré de aquí llorando y con el corazón roto, royendo alitas rebozadas por el camino", he pensado contenta. ¡☺!

He alzado la vista, PENSANDO que vería a mi amor secreto, Brandon...

PERO ¡ERA ANDRÉ!

"Oh. Ah. ¡Hola, André!", he dicho intentando disimular mi decepción. "¿Qué tal? Er... ¿qué haces TÚ por aquí?".

"Bueno, ¡me ha invitado una persona muy especial!",
ha dicho con una sonrisa estampada en la cara.
"¡He venido para desearle felicidad y celebrar
con ella sus éxitos!".

He visto los globos y la caja de Dulces Cupcakes
que llevaba.

"Entonces ¿has venido a una fiesta o algo por
el estilo?", he preguntado un poco confundida.

André me parecía un poco mayor para que lo
invitaran a una fiesta infantil temática de Queasy
Cheesy. Pero, oye, sobre gustos no hay nada escrito.

O a lo mejor había venido porque era SU cumpleaños.

"¡MADRE MÍA, André! ¿Hoy es TU cumpleaños? Si
es así, lo menos que puedo hacer es, er... comprarte
bonos de Queasy Cheesy para la sala de juegos. Pero te
aviso de que las palomitas siempre están algo pasadas y,
sobre todo, hagas lo que hagas, NO entres en la piscina
de bolas. Mi hermanita Brianna dice que vio vomitar a
un niño ahí dentro la última vez que vinimos".

André se ha reído. "Nicole, ¡me encanta tu sentido del humor! Pero NO es mi cumpleaños. ¡Anda, casi me olvido! ¡TOMA, te he traído esto!".

Me ha dado el ramito de globos y la caja de Dulces Cupcakes.

"¡Te he traído pastas francesas! ¡Para que pruebes un anticipo de las cosas INCREÍBLES que experimentarás este verano en PARÍS!", ha dicho con tono melancólico.

"¡André, NO tenías por qué hacerlo! Yo solo he actuado como alumna embajadora. Quiero decir que era OBLIGATORIO, no podía elegir".

"Pero ¡yo SÍ puedo elegir! ¡Y quiero dártelo!". Ha sonreído. "Voy a pedirle platos a la camarera. Prueba un cruasán de chocolate ahora que están aún calientes. ¡Enseguida vuelvo!".

"Pero ¿y la fiesta a la que te han invitado? No quiero que te la pierdas por mí", he protestado mientras se alejaba y desaparecía entre la multitud del restaurante.

He abierto la caja de pura curiosidad. ¡Las pastas que había dentro tenían una pinta deliciosa!

Y entonces me ha sobresaltado una voz detrás de mí. Al darme la vuelta he visto a un chico mirándome...

¡¡ERA BRANDON!!

"¡MADRE MÍA, Brandon! ¡HAS VENIDO!", he exclamado. "¡Me alegro TANTO de verte!".

"Gracias. Yo también", ha dicho sonrojándose.

"Pero ¿qué haces con esa pizza? Aún no he mirado bien la carta", he dicho.

"La he pedido para llevar. Solo he pasado para recogerla. Sigo trabajando en la web, así que me la comeré en Fuzzy Friends", ha explicado.

"¡¿Quieres comerte la pizza en Fuzzy Friends en lugar de AQUÍ?! Bueno... vale. Por mí no hay problema", he dicho encogiéndome de hombros. "Podremos hablar mejor y todo. Aviso a la camarera".

"Gracias por la pizza y por los dibujos de los perritos. ¡MOLAN mucho, Nikki! Pensaba enviarte un mensaje después".

"Me alegro de haber ayudado", he dicho. "Pero, bueno, ahora que por fin estás aquí, DE VERDAD que tenemos que hablar. He intentado explicarlo todo en mi carta".

"¡Ah, sí, tu carta!", ha suspirado Brandon. "Confieso que tras leerla me he quedado un poco... no, un poco no, MUY confundido".

"Pues siéntate y lo hablamos. Te lo explicaré todo, también el follón de las fotos. ¿Vale?".

"Claro. Aunque, para ser sincero, creo que TE DEBO una disculpa", ha dicho Brandon tímidamente mientras se apartaba las greñas del flequillo de los ojos. "Ya sabes, por cómo me he portado estos días".

"No, Brandon, la que TE DEBE una disculpa soy yo".

"Nikki, es verdad que tenemos que hablar. Pero tengo que ir a pagar la pizza con el vale regalo. ¡No quiero que piensen que intento ROBARLA!", ha bromeado.

"Sí, mi padre también me ha dado vales regalo para pizzas", he dicho riendo. "La comida de hoy la pienso pagar con uno".

"Vale, pues hasta ahora mismo", ha dicho Brandon encaminándose hacia la cola de la caja.

En eso que André ha vuelto.

"Ya estamos. La camarera nos traerá platos", ha dicho.

"¡Bien! Pues, er..., gracias por las pastas y los globos. Me ha encantado verte, André".

Y entonces, por alguna razón, se ha sentado a mi mesa, ha cogido la carta y ha empezado a leerla. Luego se ha quedado mirándome y me ha sonreído.

"Nicole, he leído tu carta. Sé que solo hace una semana que nos conocemos, pero a mí me parece como si fuera un año. ¡Nunca habría pensado que a ti te pasaría CONMIGO lo mismo que me pasa a mí CONTIGO!".

"¡MADRE MÍA! André, ¿Tú TAMBIÉN te estás replanteando lo de pasar JUNTOS el verano en PARÍS? ¡Menudo ALIVIO! ¡Y qué buena noticia! ¡No sabía si lo entenderías!".

"Er..., la verdad que es que ¡NO entiendo nada!", ha balbuceado André. "Tengo un poco de lío".

"Como decía en la carta, si cambio de opinión, ya te lo diré. ¡Ahora creo que deberías ir a esa fiesta, no sea que al final te la pierdas!".

"No haces más que hablar de una fiesta. ¡¿QUÉ fiesta?!", ha preguntado André, ya un poco mosqueado.

"La que has dicho a la que te han invitado. ¿No te acuerdas?".

En ese momento he oído a alguien que se aclaraba la garganta de un modo un poco exagerado.

# ¡Era Brandon!

Había vuelto, y NO parecía nada contento de ver a André allí sentado. Y André NO parecía nada contento de ver a Brandon.

Los dos se han quedado mirándose durante, no sé, ¡una ETERNIDAD!

Y luego los tres hemos tenido una conversación realmente interesante y profunda...

"Er... Brandon", he dicho risueña. "¿Por qué no te, er..., no te sientas?".

"¡NO PUEDO!", ha gruñido Brandon. "¡André me ha cogido el SITIO! ¡Otra vez! ¡Chaval, esto empieza a ser una MALA costumbre! ¡¿Me lo explicas?!".

"Hola, Brandon", ha dicho André secamente. "¿Qué haces TÚ aquí?".

"¡No, no! La pregunta es '¿QUÉ haces TÚ en mi sitio?'", ha mascullado Brandon.

Parecía mentira que Brandon y André se comportaran de forma TAN inmadura. Me estaban poniendo muy nerviosa.

"Bueno, André solo se ha parado a saludarme. Ha venido a una fiesta de cumpleaños", he explicado.

"¡Que no hay NINGUNA FIESTA!", ha mascullado André.

Brandon le ha dirigido una mirada incisiva. "¡¿Y lo de 'Felicidades' en el globo qué es?! ¿Qué se celebra?".

André se ha cruzado de brazos y ha sonreído a Brandon.

"¡A Nikki le han concedido el viaje a PARÍS! Irá quince días a mediados de julio y yo me he ofrecido a guiarla por la ciudad. ¡¿No te lo ha contado?!".

Parecía que Brandon acabara de recibir un pelotazo en toda la cara.

"Pues... ¡NO! ¡NO me lo ha contado! Lo que SÍ que me ha contado es que iría de gira con los Bad Boyz todo el mes de julio, y me lo he creído. ¡Claro que ya no sé QUÉ tengo que creer y qué no! Nikki, ahora empiezo a entender tu carta...". La voz de Brandon se ha ido apagando mientras la tristeza le inundaba el rostro.

"Pues mira, André, ¡aún no había encontrado el momento de contarle a Brandon lo de París!", he dicho.

"¡UPS! ¡Perdón!", ha dicho André con cierto desdén.

"¡Nikki, ¿por qué no me lo has dicho?", ha preguntado Brandon. "Era una información importante que afecta a TODOS nuestros planes de verano".

"Lo intenté. Intenté decíroslo a Chloe, a Zoey y a ti el miércoles. Y después intenté decírtelo a ti el jueves, pero ¡no querías hablar conmigo! Por eso escribí la carta", le he explicado.

"Vale, Nikki. Solo te quiero hacer una pregunta", ha dicho Brandon en voz baja y mirando al suelo. "¿Lo de la carta lo decías en serio? Eso sí que necesito saberlo".

"Sí, Brandon. TODO lo que ponía en la carta lo decía en serio. Y TODO lo que decía en tu carta, André, también. Agradecería que LOS DOS me dejarais tomar a MÍ mis decisiones. O sea que arreglaos y dejad de actuar como niños de cuatro años".

"Tienes razón, Nikki", ha dicho Brandon muy serio. "¡Yo solo quiero que seas FELIZ! Y, si eso significa París, pues eso es lo que quiero para ti. En fin, tengo que irme. Se me está enfriando la pizza. Entonces, er... ya nos veremos. Quizás".

Se ha dado la vuelta y se ha ido hacia la puerta.

"Brandon, Brandon, no tienes por qué irte. Aún tenemos que hablar. Te debo una explicación, ¡es lo menos! ¡ESPERA!", he dicho conteniendo las lágrimas.

Pero ha hecho como que no me oía y ha seguido andando.

Al llegar a la puerta, se ha girado para mirarme y luego la ha abierto y se ha ido.

En ese momento he visto claro que aquello era el punto final a nuestra amistad, o lo que fuera que teníamos. ¡☹!

# ¡MADRE MÍA! ¡No puedo creer que sean más de las doce de la noche! Estoy AGOTADA mental y físicamente solo de escribir sobre todo esto.

Creo que acabaré esta entrada del diario...

# ¡MAÑANA!

¡Ahora mismo necesito dormir un poco!

# ¡¡☹!!

## DOMINGO, 1 DE JUNIO, 13:30 H,
## MI HABITACIÓN

Aún no me he recuperado del todo de la escenita que se montó en Queasy Cheesy. ¡Fue SURREALISTA!

Por desgracia, hoy no tendré mucho tiempo para escribir mi diario, porque mi madre me obliga a llevar a Brianna a ver *El Hada de Azúcar al rescate de la isla del Bebé Unicornio*, episodio 9. ¡☹!

Después quiero marcarme un maratón de episodios antiguos de *¡Nos hacemos ricos viviendo del cuento!*, cenar, hacer los deberes y acostarme.

A ver, ¿por dónde lo había dejado?... Estaba casi llorando en Queasy Cheesy viendo cómo Brandon se marchaba. Se volvió para dirigirme una mirada triste y abrió la puerta.

Y en ese momento mis BFF, CHLOE y ZOEY, entraron *A SACO* en el restaurante, ¡¡¡CHILLANDO como LOCAS!!!...

MIS BFF, CHLOE Y ZOEY,
LLEGANDO A QUEASY CHEESY

"¡MADRE MÍA! ¡Menos mal que te hemos encontrado, Nikki!", dijo Chloe casi sin aliento.

"¡Hemos llamado a tu madre y nos ha dicho que estarías aquí!", gritó Zoey excitadísima.

"Pero ¿QUÉ narices es todo esto?", me pregunté. Cogieron a Brandon, cada una de un brazo, y prácticamente lo arrastraron hasta mi mesa.

"Chicas, chicas", protestó Brandon. "Escuchad, lo último que quiero es interrumpir la cita de Nikki. Yo ya me iba...".

"¡BRANDON! ¡¡SIÉNTATE!!", le gritaron Chloe y Zoey a la vez.

Brandon, desconcertado, cogió una silla de otra mesa y se apresuró a sentarse.

"Perdonad, chicos", dijo André. "Ya sé que sois muy buenos amigos y tal, pero Nicole me ha invitado personalmente a MÍ para hablar de nuestros planes de verano. Deberíais dejarnos hablar en privado".

Y eso hizo estallar a Chloe. "Mira, Don Guapito de Cara, con la Nicole esa puedes hablar todo lo que quieras. Pero la nuestra BFF Nikki ni te acerques! ¡Te lo advierto! ¡Sé karate, kung fu, judo, taekwondo y al menos otras cinco palabras peligrosas!", gruñó.

"¡Sí, señora!", dijo Zoey. "¡Y además yo TENGO...! Espera, lo había puesto por aquí, tiene que estar en algún sitio...", añadió mientras rebuscaba por su bolso.

Y de repente sacó su móvil.

¡GENIAL! ¡☹! Chloe y Zoey han entrado como un elefante en una cacharrería y han amenazado a mi nuevo amigo André con violencia...

¿... SOLO para hacerse más SELFIES monas con él?!

¡Estaba MUY enfadada con ellas!

Zoey tocó varias veces la pantalla de su móvil. "Y yo tengo... ¡ESTO! ¡Una FOTO incriminatoria!".

Le plantó el móvil a André en toda la cara.
"¡¿Puedes explicar esto, André?!", gritó.

André se quedó mirando y frunció el ceño.

"Er... parece una chica en pijama rosa con una máscara de barro en la cara, bailando y cantándole a un secador de pelo, ¿no?", dijo encogiéndose de hombros.

"¡Ay, no, espera! ¡Esa soy yo! ¡No es esta foto!".
Entre risas nerviosas siguió dando golpecitos al móvil.

Y volvió a plantárselo a André en toda la cara.
"¡Vale! ¡Explica ESTO!".

"Er... ¿es una viejecita con un sombrero de fiesta, soplando las velitas de un pastel de cumpleaños?", dijo.

"¡Ups! ¡Es la fiesta de los setenta y cinco años de mi abuela! Tampoco es esta foto. Este CACHARRO es demasiado sensible", gruñó.

Yo puse cara de cansancio, Brandon de incredulidad y André de aburrimiento.

"Bueno, ¡a la TERCERA va la vencida! Explica...
¡ESTO!", masculló Zoey.

André miró hacia al móvil con una sonrisa de
suficiencia. Pero enseguida le desapareció...

ZOEY, INTERROGANDO A ANDRÉ

"¡Pobre André!", pensé. Supuse que mis BFF habían descubierto al final las fotos colgadas en Internet.

Queasy Cheesy es conocido por un espectáculo en el que sale el Ratón Queasy y su banda de rock de animales animatrónicos, ¡y NO el MELODRAMA de preadolescentes que les había traído!

Pero ¡la gente nos miraba comiendo palomitas! ¡☹!

"Nikki, ¡hemos venido a avisarte de que estás comiendo una pizza con una SUCIA RATA!", ha gritado Zoey.

Justo en ese momento, el Ratón Queasy andaba dando tumbos con una bandeja de pizza y la oyó. Se paró en seco y bajó triste la cabeza.

"¡Vamos, Zoey! Queasy es un ratón, no una rata. Y no está TAN sucio", contesté. "Los roedores también tienen su corazoncito".

"El caso es que no estaba hablando de Queasy", dijo Zoey. "Er... ¡lo siento!". Y le dirigió al ratón disfrazado una sonrisa avergonzada. "¿Me PERDONAS?".

Queasy asintió con la cabeza y levantó el pulgar
y siguió dando tumbos tan contento.

"¡Yo me refería a la COMADREJA hipócrita que
tienes ahí!", dijo Zoey señalando.

Creía que ahora se metía con la Comadreja Willy, que
estaba tocando la guitarra en el escenario de Queasy
Cheesy. Pero estaba señalando directamente a André,
que le devolvió una mirada inquieta.

"¡¿André?!", exclamé sorprendida. "Zoey, ¿de qué
estás hablando? Creo que te EQUIVOCAS".

Chloe le dio a Zoey unos golpecitos en el hombro.
"Ya sigo yo. ¡Déjamelo a mí!", espetó, como el poli
malo. "Ay, ay, ay", pensé. Chloe es mi BFF y todo
lo que quieras, pero a veces... ¡se pasa un MONTÓN!

"Chloe, Zoey... ¿queréis una? ¡Están buenísimas!", dijo
André ofreciéndoles nervioso su caja de pastas francesas.

"Mira, chaval, SOLO hemos venido a... ¡ACABAR
CONTIGO!", dijo Chloe apuntándolo a la cara con el

dedo, "¡Nadie se mete con nuestra BFF! ¡Por muchas pastas deliciosas que traiga, aún calientes, con ese aroma y ese chocolate que se funde en la boca!".

Le quitó la caja de pastas a André de la mano y se metió una casi entera en la boca.

¡CHLOE, COMIÉNDOSE
MIS PASTAS DE CHOCOLATE!

"Voy a confiscar estas como... er... ¡pruebas! ¡Tendré que probarlas todas por motivos de seguridad!", masculló Chloe con la boca llena.

"¡TRANQUI, Chloe!", grité. "¡Deja en paz a André! ¡¡Y POR FAVOR dime de qué va todo esto!!".

"Nikki, alguien ha estado colgando fotos retocadas de vosotros dos para hacer correr el rumor de que flirteabas descaradamente con André", explicó Zoey. "Y además han estado colgando en sus muros comentarios horribles sobre LAS TRES. ¡Nos han llegado a llamar a ti, a Zoey y a mí PERROS!".

"¡Y NO somos perros!", dijo Chloe enfadada, con los brazos en jarras. "Zoey y yo solo tuvimos PULGAS aquella vez que ayudamos a Brandon a lavar perros en Fuzzy Friends. Pero ¡no fue culpa SUYA que NOSOTRAS nos olvidáramos del baño antipulgas!".

"Gracias por venir a contarme todo esto. Pero ya lo sabía", dije.

"¡¿DE VERDAD?!", exclamaron sorprendidas.

"¡Sí! Y Brandon también. Y se lo acabáis de decir a
André. Creo que ChicaSelfie es Tiffany y MissLabios
es MacKenzie, que prácticamente ha admitido
que las fotos las colgó ella. Pero estoy segura
de que MENTIRÁ como la que más si la denunciamos
al director Winston por ciberacoso. ¡Necesitamos más
PRUEBAS!".

"Pero ¡te hemos traído otra pieza del puzle!", dijo
Zoey acercándose para enseñarnos a Brandon y a mí
la foto del móvil.

Supuse que sería una de las fotos colgadas en las que
salía yo con André, pero ¡NOO!

# ¡MADRE MÍA! ¡NO podía creer lo que veía! Era...

# ¡¡MPACTANTE!

Los cuatro MIRAMOS a André con el mismo asco
con el que miraríamos uno de esos regalitos que
Daisy deja a veces detrás del sofá.

"Espera, esa foto NO es lo que parece. ¡Nicole,

tienes que cre... creerme! ¡Lo pue... puedo explicar!",
tartamudeó André.

"Muy bien, André. Te doy UN minuto exacto",
dije intentando mantener la calma. "¡Empieza
a EXPLICAR!".

¡Quizás HABÍA alguna explicación perfectamente
inocente de lo que vimos en la foto! ¡☺! Pero, a
primera vista, ¡NO lo parecía! ¡☹!

¡Ay, ay, ay! Mi madre me está llamando.

Tengo que dejar de escribir.

Ha llegado la hora de ir a un EMOCIONANTE viaje a
la isla del Bebé Unicornio para otra APASIONANTE
aventura con el Hada del Azúcar y la mimada de mi
hermana.

¡¿POR QUÉ no seré hija ÚNICA?!
¡¡☹!!

# LUNES, 2 DE JUNIO, 12:00 H,
## ALMACÉN DEL CONSERJE

Creía que conocía a André bastante bien. Parecía buen chico, pero supongo que me equivoqué.

Lo acompañé a gusto estos días porque me dijo que acababa de llegar a North Hampton Hills y que no tenía amigos.

También confesó que detestaba ser "el nuevo" y que tenía miedo de no encajar.

Yo me sentí EXACTAMENTE así cuando vine por primera vez a Westchester Country Day.

¡Fue HORRIBLE! ¡Las primeras semanas deambulaba por los pasillos como una ZOMBI!

Nadie me hablaba y me sentaba sola a comer todos los días. ¡MacKenzie siempre se desviaba de su camino y se acercaba para hacerme la vida IMPOSIBLE!

¡Por eso la foto de Chloe me rompió los esquemas!...

¡¿ANDRÉ EN DULCES CUPCAKES
CON MACKENZIE Y TIFFANY?!

No sé por qué, pero ¡¡TANTO MacKenzie como Tiffany ME ODIAN A MUERTE!! ¡¡☹!!

Y ahora resulta que André es AMIGO suyo Y les ha estado AYUDANDO a colgar fotos y a escribir los comentarios desagradables en las redes.

El sábado, Chloe y Zoey habían ido a Dulces Cupcakes antes que yo y los vieron juntos. Hicieron esa foto solo para enseñármela a mí.

Me quedé pasmada. Me sentía tan dolida y triste que quería ¡¡LLORAR!! Creía que era mi amigo.

André estaba hablando pero yo no le escuchaba.

"... y por eso me he sentado a su mesa un minuto para decir hola y ver qué tramaban. Luego he cogido las pastas y he venido directamente aquí. ¡Es la verdad, Nicole!".

Los cuatro nos quedamos mirándolo en silencio. Luego Chloe se aclaró la garganta: "André, ¿quieres saber qué estamos pensando ahora mismo?".

Sonrió un poco con mirada esperanzada. "Claro, Chloe, me encantaría saber qué pensáis".

"ANDRÉ, ¡ES EL CUENTO MÁS RIDÍCULO QUE HEMOS OÍDO NUNCA! ¡UN MONTÓN DE MENTIRAS, PATÉTICO CIBERACOSADOR!", gritó.

"Bueno, pues lo siento si no me creéis, chicos. Pero ¡eso NO impedirá que haga lo que hay que hacer!", dijo André, levantándose para irse. "Y, Nicole, yo siempre...". Miró a Brandon y no acabó la frase.

No sé por qué, pero de pronto me sentí REALMENTE hecha un lío. ¿Y si André decía la verdad?

Miramos cómo se alejaba hacia la puerta.

Se volvió para dirigirme una mirada triste y abrió la puerta.

Y en ese momento MacKenzie y Tiffany entraron en tromba gritando a pleno pulmón como si se hubieran vuelto locas...

"¡ANDRÉ! ¡LADRÓN! ¡TE HEMOS PILLADO!", gritó MacKenzie.

"¡DEVUÉLVEME EL MÓVIL!", chilló Tiffany. "¡SÉ QUE LO HAS COGIDO TÚ!".

Cogieron a André, cada una de un brazo, y prácticamente lo arrastraron hasta nuestra mesa. Nos quedamos todos boquiabiertos. ¿QUÉ estaba pasando?

Pero, sobre todo: ¿cuándo se habían apuntado MacKenzie y Tiffany al club de "YO ODIO A ANDRÉ"? ¡Hace una hora estaban LOS TRES en Dulces Cupcakes haciéndose ARRUMACOS como si fueran BFF! ¡Aquí había algo que olía MUY MAL!

"¿Sabes una cosa, Tiffany? ¡NO te creo ni por un segundo!", le dije. "TÚ robaste el cuaderno del señor Winter y luego le dijiste que había sido yo, ¿recuerdas? Y AHORA dices que André te ha robado el móvil. Tal vez no eres una MENTIROSA patológica diagnosticada, pero ¡estás muy cerca de serlo!".

"Tiffany, estoy completamente de acuerdo con Nikki",

dijo Brandon. "ODIO admitirlo, pero no creo que André te haya robado el móvil. Es un frío, calculador y traicionero ciberacosador, vale, pero no creo que sea un vil, asqueroso y miserable LADRÓN".

Chloe y Zoey asintieron...

¡HABÍAMOS SENTADO A ANDRÉ EN EL BANQUILLO Y HACÍAMOS DE JUEZ Y DE JURADO!

Pero ¡lo que pasó A CONTINUACIÓN me hizo ESTALLAR la cabeza!

"Lo cierto es que... ¡SOY un vil, asqueroso y miserable LADRÓN!", confesó André como si NADA.

¡Y ENTONCES SE SACÓ EL MÓVIL DE TIFFANY DEL BOLSILLO DEL PANTALÓN!

¡Todos nos quedamos boquiabiertos! ¡Yo no me lo creía!

"¿Lo ves, Nikki? ¡Ya te dije que André no era de fiar!", exclamó Chloe. "¡Rápido! ¡Llamemos a la POLICÍA!".

"Primero dejad que lo explique, por favor", suplicó André. "Cuando estaba en Dulces Cupcakes comprando las pastas, he oído a Tiffany y MacKenzie hablando sobre las fotos que habían colgado. Las he visto escribiendo comentarios horribles en no sé qué web desde el móvil de Tiffany. Diríamos que se lo he cogido prestado para tener pruebas de lo que estaban haciendo. Se lo devolveré después".

"¡Tío, pero ¿eso no es ilegal?!", dijo Brandon.

"¡¿Y cómo sabemos que no ROBASTE también las pastas?!", berreó Chloe. "¡MADRE MÍA! ¡Y yo me las he comido! ¡ROBADAS! ¡Iré a la CÁRCEL!".

"¡NO te vas a ir de rositas habiéndome robado el móvil A MÍ, André!", chilló Tiffany. "¡Conmigo no se mete nadie si no quiere tener PROBLEMAS! ¡Devuélvemelo ahora mismo! O... o yo... ¡se lo diré a MAMÁ!".

"¡No, Tiffany, no se lo dirás!", ha dicho André. "Porque... ¡¡SE LO DIRÉ YO A MAMÁ!! ¡Lo siento, pero te he PILLADO! ¡Otra vez por ciberacoso! ¡Me basta con la prueba que tengo aquí! Fijo que mamá te castigará medio verano sin salir y te hará hacer trabajo comunitario en la residencia de ancianos. ¡Como la otra vez!".

"André, ¡ni se te OCURRA decírselo a mamá! ¡PORFAAA!", gimió Tiffany. "¡DETESTO ir a ayudar a la residencia de ancianos! ¡Antes preferiría COMERME cinco tubos de adhesivo para dentaduras postizas y AHOGARME en un cubo de ZUMO DE CIRUELAS que volver allí!".

"¡A ver, a ver, a ver!", interrumpió Zoey. "¡Tiffany,

ahora te dejo acabar!", dijo, como el famoso rapero que interrumpió a Taylor. "A ver... ¡¡¿ANDRÉ ES TU HERMANO?!!".

¡La cabeza me empezó a dar VUELTAS!

"¡Somos MEDIO HERMANOS!", contestó André. "Mi madre está casada con el padre de Tiffany".

¡Ahí es cuando YA me ESTALLÓ la cabeza de verdad! ¡¡BANG!!

"¡¿Quién necesita pizza con todo este bufet libre de MELODRAMA?!", dijo Zoey con gesto de incredulidad.

"Tiffany, lo que habéis hecho MacKenzie y tú ha sido... ¡CRUEL!". De TAN furiosa les hubiera... ¡ESCUPIDO!

"¡OH, CIELOS! ¿Estás intentando avergonzarme ahora por lo del ciberacoso? ¿En serio?", dijo Tiffany sarcástica. "¡Me han ROBADO el móvil y me han ARRUINADO el verano! ¡Aquí la única VÍCTIMA soy YO! ¿Y CÓMO voy a conseguir mis 12 dosis de SELFIE diarias si no tengo móvil, Nikki?".

"¡Siento no sentirlo, chica!", le repliqué.

"Tiffany, ¡vaya sorpresa! ¡¿Cómo has podido ser tan mala con Nikki?! ¿No sabes que las pedorras también tienen su corazoncito?", dijo MacKenzie mientras se escapaba hacia la puerta. "Me encantaría quedarme más rato, pero tengo que ir a casa a lavarme el pelo y echar mi sueño reparador de belleza. ¡Chaíto!".

"¡Ni hablar, tú no te vas!", le dijo Tiffany cogiéndola del brazo. "Esas puntas abiertas tan cutres no se arreglan con champú, ¡lo que necesitas es un lavado de coches! Además, ¡¿no irás a dejar plantada a tu BFF?!".

"¡Mira, Tiff, tampoco te conozco tanto!", le cortó MacKenzie. "¡Además, mi BFF es Jessica, no tú".

"¡Vale! Total, ¿quién quiere una BFF como tú?", ha soltado Tiffany. "Y una cosita: ¡un sueño reparador de belleza no va a arreglarte esa cara! Tú lo que necesitas es ¡HIBERNAR! ¡Hasta la PRIMAVERA! Antes de irte, ¡¿por qué no les cuentas a todos cómo hurgaste en la mochila de Nikki y CAMBIASTE las cartas de Brandon y André?! ¡Si yo CAIGO, tú caes CONMIGO!".

MacKenzie la fulminó con la mirada. "Tiffany, ¡lo que se cuenta de que clavas puñales por la espalda a todo el mundo es cierto! ¡La BATERÍA de mi móvil DURA MÁS que tu AMISTAD!".

¡MACKENZIE Y TIFFANY,
EN PLENA BRONCA DE CHICAS MALAS!

Entonces MacKenzie se volvió hacia mí. "¡Nikki, tenías razón sobre Tiffany! ¡Es aún MÁS mentirosa que yo! ¡Me da muchísima pena! ¡La abrazaría y todo, pero no quiero contagiarme la ESTUPIDEZ! ¡Prefiero hacerme amiga tuya!".

Era obvio que lo único que quería MacKenzie era escaquearse de cualquier responsabilidad en el lío que habían armado Tiffany y ella.

André llevaba un rato extrañamente callado.

"Er... Tiffany, ¿qué es eso que has dicho de las cartas cambiadas? ¿Quieres decir que yo recibí la que estaba destinada a Brandon?".

"Sí, mi querido Romeo. ¿De verdad creías que le gustabas a Nikki?", dijo Tiffany con una risa cruel. "¡No te invitó a TI a Queasy Cheesy! ¡Invitó a Brandon! MacKenzie es tan tonta que cree que la leche en polvo se hace rallando la vaca, pero aquí os la ha jugado bien jugada. ¡Menudo par de bobos enamorados!".

Brandon y André pusieron la misma cara de asombro.

247

¡Ahora entendía por qué los dos estaban tan raros desde que recibieron mis cartas!

Me dieron mucha pena.

"Chicos, siento muchísimo lo de las cartas. No os lo merecíais y os pido perdón por eso".

"No tienes por qué disculparte, Nicole", contestó André. "Soy yo el que me tengo que disculpar por, er..., ser tan pesado. Imagino que estaba un poco liado".

"Lo mismo digo", dijo Brandon. "En todo caso, somos NOSOTROS los que tenemos que disculparnos, Nikki".

"Chicos, chicos, ¿sabéis qué QUIERO, en lugar de disculpas? ¡Que los dos os llevéis bien y DEJÉIS de pelearos por los ASIENTOS!", dije en broma.

"André, estaba equivocado contigo", dijo Brandon. "No eres ni un ciberacosador ni un ladrón. De hecho, ¡MOLAS bastante! Para ser francés...".

"Pienso igual, amigo", contestó André sonriendo. "Que

hayas deducido todo eso significa que eres bastante listo. Para ser americano...".

Entonces se chocaron los cinco. Yo puse cara de paciencia. Al menos ahora ya no se comportaban como si tuvieran cuatro años... ¡sino seis!

"A.. A... ¡ACHÍS!", Chloe simuló que estornudaba. "Nikki, ¿tú querías las pastas que quedaban? ¡Es que acabo de estornudar sobre ellas, perdona!".

"¡Me encantan los finales felices!", exclamó Zoey. "¡¿Quién se apunta a un abrazo de grupo?!".

Zoey, André, Chloe, Brandon y yo nos apiñamos en un abrazo de grupo mientras Tiffany y MacKenzie se quedaban a un lado con sus penas.

"¡Toda esta tontería fue idea TUYA!", se quejó Tiffany. "¡Y mi verano se ha ido a PASEO!".

"¡No, señora! ¡La tontería fue idea TUYA!", gruñó MacKenzie. "¡Tú eres la que está obsesionada con colgar SELFIES en las redes!".

"¡Pues ya te puedes ir acostumbrando, chica!
¡Porque las DOS nos vamos a hacer muchas selfies
juntas este verano cuando nos OBLIGUEN a ayudar
en la residencia de ancianos!", replicó Tiffany.

Tiffany y MacKenzie se MERECEN la una a la
otra. Totalmente.

¡A pesar de todo su melodrama de chicas malas,
he sobrevivido a esta historia de Flechazos
Catastróficos!

¡MADRE MÍA! ¡Llevo tanto rato aquí
escribiendo que llegaré tarde a bío!

¡¡Tengo que irme!!

¡¡☺!!

## MARTES, 3 DE JUNIO, 17:30 H,
## MI HABITACIÓN

¡Hoy era el último día de clase!

# ¡YAJUUUU! ¡☺!

¡Lo que significa que acaban de empezar oficialmente mis VACACIONES DE VERANO!

Brandon ha venido a dar a Daisy otra sesión de adiestramiento. Creo que están yendo muy bien; últimamente he notado una drástica mejora en su comportamiento.

Hoy le tocaba socialización: aprender a llevarse bien con otros perros.

Brandon ha traído tres perros de Fuzzy Friends para que pasaran un rato con ella.

Pero me temo que los dos nos hemos distraído. Creo que NOSOTROS hemos SOCIALIZADO MÁS que los PERROS...

Ahora que lo pienso, puede que las sesiones de adiestramiento NO hayan ayudado tanto como creía a Daisy. Mmm... creo que necesita MÁS sesiones. Por ejemplo, CADA DÍA. ¡Se lo comentaré a Brandon! ¡¡☺!!

Todavía no he tomado una decisión definitiva sobre la gira con los Bad Boyz y el viaje a París.

¡Zoey y Brandon dicen que tendría que ir a París porque me encanta el arte y será una experiencia de las que te marcan para toda la vida!

Chloe y André dicen que sería una LOCA si no voy de gira porque será una PASADA y París seguirá estando donde está... ¡SIEMPRE!

Total, que no sé QUÉ haré. ¡¿Debería intentar hacer las DOS COSAS?! ¡Porque a veces toca ser la BELLA pero también la BESTIA! ¡Lo siento! No puedo evitarlo...

## ¡¡SOY TAN PEDORRA!!

¡¡☺!!

¡AMORITIS
PERRUNA! ¡¡☺!!

# AGRADECIMIENTOS

Un agradecimiento especial a mi ASOMBROSA directora editorial Liesa Abrams Mignogna. Libro tras libro, tu pasión y tu apoyo para la serie de los Diarios de Nikki no tienen parangón. Gracias por ayudarme a crecer como autora y a dar vida al sentido mundo de Nikki.

A mi MARAVILLOSA directora de arte Karin Paprocki. Me encanta cómo ha evolucionado nuestra serie y cómo cada cubierta es tan emocionante y creativa como el propio libro. A mi INCREÍBLE editora jefe Katherine Devendorf. Gracias por hacer que una tarea tan difícil e inconcebible parezca tan sencilla.

Como no, a mi FENOMENAL agente en Writers House, Daniel Lazar. ¡Qué bien que tus sueños y aspiraciones para los Diarios de Nikki sean tan grandes y espectaculares como los míos! Tienes inteligencia, se puede confiar en ti y eres divertido y honrado: todo lo que aprecio de nuestra gran amistad.

A mi FABULOSO Equipo Pedorro de Aladdin/ Simon & Schuster: Mara Anastas, Jon Anderson,

Julie Doebler, Carolyn Swerdloff, Nicole Russo, Jenn Rothkin, Ian Reilly, Christina Solazzo, Rebecca Vitkus, Chelsea Morgan, Lauren Forte, Crystal Velasquez, Michelle Leo, Anthony Parisi, Christina Pecorale, Gary Urda y toda la gente de ventas. Gracias por todo vuestro esfuerzo y dedicación. Sois verdaderamente insustituibles.

Un agradecimiento especial a mi familia en Writers House, Torie Doherty-Munro y los agentes internacionales Cecilia de la Campa y James Munro, por vuestro apoyo de primera categoría mundial. Y a Deena, Zoé, Marie y Joy, gracias por vuestra colaboración.

A mi genial y creativa ilustradora, Nikki, y a mi supertalentosa e ingeniosa coautora, Erin: me considero muy afortunada de poder trabajar al lado de mis pedorrísimas hijas, que inspiraron esta serie de libros. ¡Y a Kim, Don, Doris y el resto de mi familia! Gracias por vuestro amor y por luchar por todo lo que envuelve a los Diarios de Nikki.

¡Y no os olvidéis de dejar asomar vuestro lado PEDORRO!

**Rachel Renée Russell** es la autora de la serie *Diario de Nikki*, que ocupa la primera posición de la lista de libros más vendidos del *New York Times*, y de la serie protagonizada por Max Crumbly.

Se han publicado más de 36 millones de sus libros en todo el mundo y se han traducido a 37 idiomas.

A Rachel le encanta trabajar con sus dos hijas, Erin y Nikki, que le ayudan a escribir e ilustrar sus libros.

El mensaje de Rachel es "¡Y no os olvidéis de dejar asomar vuestro lado pedorro!".

# OTRAS OBRAS DE
## Rachel Renée Russell

### Diario de Nikki 1:
Crónicas de una vida muy poco glamurosa

### Diario de Nikki 2:
Cuando no eres la reina de la fiesta precisamente

### Diario de Nikki 3:
Una estrella del pop muy poco brillante

### Diario de Nikki 3½:
¡Crea tu propio diario!

### Diario de Nikki 4:
Una patinadora sobre hielo algo torpe

### Diario de Nikki 5:
Una sabelotodo no tan lista

### Diario de Nikki 6:
Una rompecorazones no muy afortunada